薬草令嬢ともふもふの旦那様

江本マシメサ

集英社

薬草令嬢ともふもふの旦那様

Contents

薬草令嬢ともふもふの旦那様

登場人物紹介

ウルフスタン伯爵家当主。十九歳。
花嫁募集中だが、田舎領主である上に本人は恥ずかしがり屋、さらには月夜に狼の姿になってしまうこともあり、候補すらいない。

メレディス

ラトランド子爵家の令嬢。十六歳。

薬草を育てたり精油を作ったりと、貴族女性らしからぬ変わり者として有名。社交界では「薬草令嬢」と呼ばれたりもしている。

リヒカル

レナルドの叔父。十七歳。

ほとんどの時間を狼の姿で過ごし、新月の晩にのみ人の姿をとることができる。陽気で大雑把な性格。

イラスト／カスカベアキラ

薬草令嬢と もふもふの旦那様

第一章　月夜の晩に吠える狼

――どうしてこうなった!!


青年はたいそう焦っていた。

夜会が行われる会場の柱廊(ちゅうろう)を早足で駆けながら、身を隠す場所はないかと探す。

青年は若い。先月十九になったばかりであった。すらりと高い背に、艶(つや)やかな黒い髪、切れ長の目、スッと通った鼻筋に、薄い唇――と、整った顔立ちをしている。若い女性ならば十人中八人は振り返りそうな、男前であった。

そんな青年は夜会に伴侶(はんりょ)を探しに来ていた。それなのに、目的を果たさずに舞踏室(ボール・ルーム)から離れ、一目散に人の少ないほうへと駆けて行く。

空を見上げると細い月が浮かんでいた。それを、恨めしく思いながら睨(にら)む。

壁のない吹き抜けの廊下は、冷たい風がヒュウヒュウと音をたてていたけれど、気に留めている場合ではなかった。それよりも、さきほどから体がミシミシと悲鳴をあげており、叫び出したいのを我慢していた。奥歯を噛みしめると、口の中に血の味が広がった。

もう、間に合わない!!

そう思った青年は柱廊の塀を飛び越えた。廊下に近い場所は人目につくので、庭の奥へ、奥へと、走った。

ここならば大丈夫かと、冬薔薇のアーチの中へもぐりこむ。そこには白い薔薇が咲き乱れており、濃厚な香りが鼻を突く。

ここで、青年の体に変化が起きようとしていた。

「くっ……ううっ」

この十九年間、何回と経験してきたことだが、この瞬間だけは慣れない。

歯は鋭くなって牙となり、喉から呻き声が漏れる。むくり、むくりと、体が膨れ上がる。全身の毛が伸びていた。ぶつんと、上着のボタンが弧を描いて飛んでいく。

――ああ、高かったのに、この一張羅。

青年は悲しくなる。夜会へは花嫁を探しに来ていたので、少しでも見目が良くなるよう、奮発をして仕立てた服だった。

ビリビリと音を立てながら破れていく礼服。体はどんどん、毛むくじゃらになっていく。

――こんなはずじゃなかった。今日は大丈夫だと聞いていたのに。

切なくなって、青年は叫んだ。

『ワオオオ〰〰ン！』

国の西部に位置する領地、アルザスセス。

冬は寒さが厳しい場所であるが、夏は涼しく過ごしやすい。自然豊かで、毎年麦が豊作。

国内有数のワインの生産地でもあり、ブドウ畑に囲まれた村の様子は美しい。

歴史ある、古き良き場所である。

――といえば聞こえはいいが、アルザスセスはとんでもない田舎だった。

その地を領するのは、十九歳の若き領主、レナルド・ウルフスタン。

五年前に両親を事故で亡くしたあとは、年下の叔父に支えられながら、なんとか領主を務め上げていた。

レナルドは現在独身。婚約者もいない。

見目が良く、性格は真面目。剣の才能もあり、跡取りでなかったら近衛として働いてほしかったと、騎士団関係者に言われたことがある。

当然ながら、レナルドを女性は放っておかなかった。だが、女性の前にした彼の口から甘い言葉が出てくることはない。寡黙というわけでなく、女性嫌いというわけでもない。女性が苦手なのだ。それには、理由がある。

――遡ること十数年前。

幼いレナルドはこっそりと家を飛び出し、遊んでいた。満月の晩で、目が冴えてしまったのだ。村まで繰り出し、途中で拾った枝を咥えつつ、走り回っていた。

しかし、酒場で働く女性達に見つかり、可愛い、可愛いと、全身撫でられる。頬ずりされ、触られまくり、男としての自尊心を砕かれてしまった。

女性は可愛いものが大好きである。そのため、幼いレナルドの姿に、皆夢中になったのだ。

以降、彼は女性に対して苦手意識があった。

だからと言って、一族の血を絶やすわけにはいかない。

仕方なく何度か見合いをしたものの、ムスッとしていて不機嫌に見える様子から、すべてお断りをされてしまう。男の威厳を守ろうとする姿勢が、悪い方向に働いていた。

そんな見合いを繰り返していると、偏屈領主の噂が出回る。

噂のせいで、見合いをする前に断られてしまうのだ。

いくら広い領土があっても、財産が多いわけでもなく、土地もド田舎。おまけにレナルド自身も無愛想とあっては、嫁いでくれる物好きもいない。

十九歳となり、とうとう叔父に結婚を急かされたレナルドは、危機感と共に王都の夜会へ花嫁探しにでかけたのだ。

そんな彼の欠点は、残念ながら恥ずかしがり屋なだけではない。

誰にも言えない、大変な秘密を抱えていた。それは、ウルフスタン家の歴史に関わることである。

遡ること数百年前——統治者のいない小さな集落だったアルザスセスは、幾度となく魔物の襲撃を受ける危険地帯であった。

ある日、村人だけでは対処できないほどの魔物に襲われ、窮地に立たされる。

もうダメかと思ったその時、村に救世主が現れた。

それは、漆黒の毛並みを持つ狼だった。数年前、村娘の一人に森で出会い、足の怪我を癒してもらった恩を返すために現れたようだ。

知性ある狼は、娘の窮地にやって来て、村人達を助けたのである。

以降、狼は村を守護するようになり、村娘を妻として迎えた。

その後、狼一家はウルフスタンを名乗り、領主となって、アルザスセスの地を守る。

長い長い歴史の中で狼の血は薄れたかと思いきや——そうではない。ウルフスタン家の直系男子——すなわちレナルドは、月夜の晩に狼の姿へと変化してしまうのだ。

短く呼吸をして、息を整える。急激な体の変化に耐えきれず、息も切れ切れだった。

レナルドは月からの魔力を浴びて、狼の姿となっていた。

今日は新月だから大丈夫という叔父の言葉を信じて夜会に参加したのに、新月は明日だった。

『ク、クソ〰〰、リヒカルめ、覚えてろよ……』

低い声で年下の叔父、リヒカルへの恨み言を呟(つぶや)く。

現在のレナルドは――夜の闇に紛(まぎ)れてしまいそうなほどの黒い毛並みに、ピンと立った耳。口元から覗(のぞ)く牙に、引き締まった体、四肢の鋭い爪。それから、長くフサフサな尻尾(しっぽ)を持つ。

その姿は狼そのもの。これが、ウルフスタン家に遺伝する不思議な力である。

これは一族に迎える伴侶以外告げることのできない秘密だ。

とりあえず、人前で狼化しなくて良かったと、深く安堵(あんど)している。

このまま夜会が終わるまで潜伏し、誰もいなくなるような時間になるのを待たなければならない。その後は、夜闇に紛れて宮殿に用意された個室に戻るしかなかった。

はあと、深い溜息を吐く。

夜会にやって来たのはいいものの、会場の香水臭(くさ)さに鼻が曲がる思いをしていた。

それに、甲高い貴族令嬢の声は耳に響く。社交界で人気の男がやって来た時なんか、キイキイ声で叫んで、鼓膜が破れるかと思ったのだ。

古き精霊——狼の血を引くレナルドは、人型の時でも鼻が利き、耳も良い。

社交界の人混みには堪えてしまった。花嫁を探すどころではない。一族の血を絶やすわけにはいかないので、伴侶を探さなければならなかったが前途多難である。

『腹、減ったな』

そう独りごちたあと、ぐうと、お腹が鳴った。

夜会には料理も並んでいたが、香水臭さと人混みに酔ってしまい、とても食べるどころではなかった。

こうして、自然の中に身を置いていると、体調も回復していく。

薔薇の香りは濃かったが、香水ほどではない。しだいに気にならなくなった。

ぐうと、ひと際大きな腹の虫が鳴る。眠って空腹を誤魔化そうか。そんなことを思っていた折に、足音が聞こえた。誰かが近付いて来る。

「あ、あの……どなたかいらっしゃるのでしょうか？」

女性の声だった。レナルドは慌てて身を屈め、見つからないように気配を消す。

「靴が、片方落ちていたのですが……」

ドキンと胸が高鳴る。どうやら、ここに来るまでに、靴が脱げてしまっていたらしい。必死になっていたので、気付いていなかった。

女性の声は若い。鈴の音が鳴るような、可愛らしい声だった。ぜんぜん耳障りではない。

一歩、一歩と歩く足音は軽く、小柄な少女であることがわかる。

クンクンと匂いを嗅いでみると、微かな花と草の香りがした。苦手な香水は付けていないようだった。レナルドが好ましいと思う、自然な匂いである。

「——あら？」

女性の情報を足音や匂いで感じ取っている間に、接近を許してしまった。

アーチの入り口に女性が佇んでいたのだ。

狼となったレナルドの体長は二メートルほど。普通の犬にはとても見えない。

ここで悲鳴を上げられたら終わりである。

逃げるか、それとも娘を黙らせるか。どうしようか、レナルドは逡巡する。

思い悩んでいる間に、声をかけられてしまった。

「大きな……わんちゃん？」

女性は怖がる様子もなく、レナルドに話しかけてくる。思いがけない反応に、思わず言葉を返してしまった。

『私はわんちゃんではない！』

振り返ると、アプリコット色の髪を後頭部で纏めた緑色の目の可愛らしい少女が、口に手を当てて驚いた顔でレナルドを見ている。深緑のサテンドレスを纏っているので、参加者であることは一目瞭然だった。

レナルドと少女は見つめ合い、硬直状態でいる。

ふわりと風が吹くと、焼いた小麦のいい香りが漂ってきた。同時に、レナルドのお腹がぐうっと鳴った。大きな腹の虫だった。相手に聞こえたのではないかと、恥ずかしくなる。

そんなレナルドに、少女は想定外の言葉をかけてきた。

「あ、あの、外でクッキーを食べようと思って、持って来たのです。よろしかったら、ご一緒にいかがでしょうか?」

少女は靴を持っていない方の手に、クッキーを包んだハンカチを持っていた。それが、先ほどの小麦の匂いの大元だった。

どうしようか迷ったが、空腹には抗えない。レナルドは、少女に声をかけた。

『娘、こちらに来い。あ、靴。靴はそこに置いておけ』

「あ、はい。承知いたしました」

少女は指示どおり靴を地面に置いたあと、一歩、一歩と、ゆっくりとした足取りでレナルドに近づく。恐れているような素振りはなかった。

距離が近くなると、再度声をかける。

『直接座るとドレスが汚れる。俺の尻尾に座れ』

「え、ですが……」

『お前一人乗ったくらいで、どうにかなる尻尾ではない』

「はい、ありがとうございます。失礼いたします」

少女はドレスを摘まみ、淑女の礼をしてからレナルドの尻尾に座った。

聡明な娘だと思った。狼の姿を怖がらず、指示にも口答えせずに従う。犬扱いせずに、挨拶をしたことも評価する。

『娘、名はなんという?』

「ラトランド子爵家の、メレディスと申します」

『うむ』

メレディス。見た目だけでなく、名前も可愛らしい少女である。

『私はレナ……』

名前を言いかけて、寸前で呑み込んだ。危うく、本名を名乗ってしまうところだった。

どうしようかと焦る。咄嗟のことで、適当な偽名すら浮かばない。

咳払いをして誤魔化そうとしていたが――。

「レナ様、ですね」

レナルドと名乗ろうとして咄嗟に口から出てしまった『レナ』を、メレディスは名前だと勘違いしたようだった。とりあえず、危機的状況から脱出できた。大きく息を吐く。

「レナ様」

『な、なんだ?』

「クッキーを」

『あ、う、うむ』

どうするのかと思っていたら、メレディスは立ち上がり、レナルドの前にやって来る。

そして、手のひらにクッキーを載せて、差し出してきた。

まさか、手ずから食べさせてくれるとは思わず、瞠目する。

「レナ様、バタークッキーはお嫌いですか?」

レナルドはブンブンと首を振った。バターたっぷりのクッキーは大好物である。

目の前に差し出されたクッキーからは、甘い匂いが漂っていた。涎を垂らしそうになり、ごくんと飲み込む。

『い、いいのか?』

「はい、どうぞ」

なるべくがっつかないように、口先でクッキーを咥えて食べた。

サックリホロホロのクッキーは、バターの香ばしさが利いていておいしい。あまりのおいしさに、メレディスの手のひらにあるクッキーの欠片をぺろんと舐めてしまった。

気付いた時には遅い。犬のような行動をしてしまったと、レナルドは恥ずかしくなった。一方のメレディスはといえば――。

「ふふ、くすぐったいです」

ころころと笑いながら、二枚目のクッキーを手のひらに載せていた。

視線が合うと、目を細めながら小首を傾げる。

その瞬間、レナルドは底なしの穴に転げ落ちた感覚に陥る。いったい、これはなんなのか。理解できなかった。胸がドキドキして、体が熱くなる。

このような状態を、彼は経験したことがなかった。胸が高鳴る理由も、分かるわけがない。

とりあえず、どうぞと勧められたクッキーを食べる。一枚目同様、おいしかった。

またしても、手のひらにクッキーの欠片があった。それから、目が離せなくなる。

――舐めたい。

「レナ様、まだ、お召し上がりになりますか?」

メレディスに顔を覗き込まれていることに気付き、ザザッと低い姿勢のまま後退した。

『い、いい。もう、いらん』

「さようでございましたか」

『あとは、お前が食べろ』

「ありがとうございます」

再度、レナルドは尻尾に座るように勧めた。地面に叩きつけるように尻尾を動かすと、メレディスはくすりと微笑む。花が綻ぶような、可憐な笑顔だった。

またしても、胸がドキン、ドキンと高く鳴った。これはいったいなんなのか。考えたが、まったく分からなかった。

レナルドの尻尾に座ったメレディスは、クッキーを一枚手に取り、空に向けて掲げた。

『おい、それは何をしている？』

「月光に食べものをかざすと、おいしくなるんです」

幼いころ、本で読んだ情報だと付け加えられた。

『なるほど。私も今度、してみよう』

そんな発言をしたレナルドを、メレディスはじっと見る。

『なんだ？』

「いえ、すみません。前に、これをした時、父親に怒られたことがあって」

月光に食べ物を掲げても、おいしくなるわけがない。幼子のように本に書いていることをなんでも信じるなと、言われてしまったのだ。

「つい癖で、してしまいました」

メレディスは月明かりの下で、茶を飲むのが大好きだと話す。しかし、それも変わり者のすることだからと、父親に止められていた。

「ごめんなさい。わたくし、変わり者みたいで、おかしなことばかりしているらしいのです」

『別に、おかしなことではないだろう』

月には魔力がある。付与（エンチャント）の魔法を使える者ならば、食べ物に魔力を吸収させて、力を得ることができる。魔法使いにとっては、魔力を多く含んだ食べ物をおいしく感じる可能性があった。

『絵本では魔法使いの話を、おもしろおかしく描いていたのかもしれんな』

「そうだったのですね。興味深いお話です」

『まあ、月光で食べ物を照らす行為は、悪くないだろう』

レナルドはメレディスに、これからも続けるといいと言った。

「はい、ありがとう、ございます」

なぜか、その声は震えていた。レナルドは気付かなかったふりをして、空を眺める。

それからしばし、静かな時間を過ごす。ここには、舞踏室（ボール・ルーム）の賑（にぎ）やかな演奏も聞こえてこない。

あるのは豊かな庭園と、ぼんやりと地上を照らす月ばかり。

レナルドはチラリとメレディスを横目で見る。

貴族令嬢であるはずなのに介添人（シャペロン）を連れず、なぜ一人で行動をしていたのか。

それに、大きな狼であるレナルドを怖がらないどころか、話しかける度胸もあった。

不思議な少女だと思う。

「レナ様は、不思議なお方ですね」

『え!?』

なんと、偶然にもレナルドとメレディスは、同じことを考えていた。

『いや、私はお前より不思議では——』

と、言いかけて、我に返る。喋る狼はおかしな存在でしかない。弁解の余地などどこにもなかった。

「わたくしは、小さな時から変わっていると言われて育ちました」

メレディスの趣味は、庭の薬草の世話と夜のお茶会。

普通の貴族女性が興味を持つ、演劇や音楽鑑賞、社交界を賑わせる噂話など、まったく気にも留めずに暮らしてきた。

「作った薬草で精油を作ったり、石鹸を作ったり、美容水や軟膏を作ったり。そんなことばかりしていたら、いつの間にか『薬草令嬢』と呼ばれるようになって——」

もちろん、それが褒め言葉ではないことをメレディスは理解していた。

陰では「葉っぱ女」と呼ばれていると教えてくれる令嬢がいて、いろんな呼び方があるのだと、メレディスは感嘆すらしていたのだ。

それを本人に教えること自体、意地悪であったが、幸いにも本人はそう思っていなかった。

「わたくしがすることや、話すことを、父や周囲の人は変だと言うのです。わたくしも、指摘されて、初めて普通ではないと気付いたのですが」

もう、メレディスは年ごろになってしまった。自分の好きなことをするだけの暮らしは、許されない。

「わたくしはきっと、今日という日を迎えるために、育てていただいたのでしょう」

貴族として生まれた女性には、役割がある。

それは、結婚をして家と家の関係を繋ぎ、跡取りとなる子どもを産む。そのために、何不自由ない環境で育てられるのだ。

メレディスは貴族女性としての役割を果たすために、夜会に伴侶を探しにやって来た。

「ですが、夜会の空気は、息苦しくて——」

薬草令嬢がやって来たと、奇異の目を向ける者達がいた。誘われて踊ったダンスが上手くできずに、相手にがっかりされてしまう。ガヤガヤと騒がしく、演奏もけたたましい。

メレディスにとって、夜会は息苦しい場所だったのだ。

「わたくしの居場所は、社交界のどこにもないと、思いました」

しかし、それは甘えである。

誰もが社交界に馴染んでいるわけではない。皆、努力をしている。

頑張らなければならない。しかし、気分の入れ替えが必要だった。

メレディスは介添人に外の空気を吸って来ると言って、舞踏室を離れる。

「そこで、レナ様に会えたのです」

狼の姿をした紳士レナルドは、他の貴族達と違った。メレディスのすることを笑わなかったし、否定もしなかった。それどころか、真面目に話を聞いてくれた。

「ですので、わたくしは嬉しく思いました。今日、夜会に来て、初めて良かったと、思ったのです。レナ様、本当に、ありがとうございました」

　メレディスは律儀に、頭を下げる。これから、貴族女性としての務めを果たせるよう、頑張ると決意も語る。

　ここで、メレディスは我に返ったようだ。

「す、すみません、わたくしったら、こんなにお喋りをしてしまって……」

　普段、こんなに人前で喋ることはないのだと、慌てて弁解していた。

『別に、構わん』

「わたくしみたいな変わり者の話を聞いてくださって、感謝の気持ちでいっぱいです……」

『喋る狼である私に比べたら、お前の言動などおかしなことでもない。それよりも、私が恐ろしく思わなかったのか？』

　メレディスはフルフルと首を横に振る。

「小さな頃に、絵本で読んだことがございます。小さな村を魔物から助けた勇敢な狼精霊様の物語です。そのお方に、レナ様は似ていると思いました」

　言わずもがな、それはレナルドの祖先である精霊の伝承である。まさか、絵本になっているとは知らなかった。

純粋なメレディスだからこそ、怖がらなかったのだろう。普通の女性では、こうもいかない。

それと同時に気付く。

喋る狼という、おとぎの国の住人のようなレナルドだからこそ、彼女は弱音を吐露したのだと。おかげで、メレディスに関して深く知ることができた。

ただ、一点。気になることがあったので、釘を刺しておく。

『おい』

「はい？」

真面目な顔で、レナルドはメレディスに話しかける。

『私に会ったことは、誰にも言うなよ』

「はい、承知いたしました」

メレディスは頷くと、立ち上がって淑女の礼をする。

「レナ様、お逢いできて、光栄でした」

同じく、レナルドも立ち上がって頷く。

『うむ。私も、つまらない夜だと思っていたが、まあ、悪くなかった』

両者は互いに微笑み合う。

ここでお別れと思いきや、メレディスは足を一歩前に踏み出し、地面に膝をつく。

そして、上目遣いで問いかけた。

「レナ様。レナ様には、もう、お逢いできないのでしょうか？」

『そ、それは……！』

メレディスは他の女性と違い、話をするのはとても楽しかった。

聡明で、賢く、ちょっと不思議なところもあるものの、それすらも彼女の魅力と言える。

社交界を自らに合わない場所だと思いながらも、貴族女性としての務めを果たそうとする姿はいじらしい。もっと知りたい。できるならば、また逢いたいとレナルドも思った。

『私は、王都より遠い場所に住んでいる』

「そう、ですか」

しょんぼりと、メレディスは悲しそうに顔を伏せた。

王都になど、滅多に来ることはない。夜会に出席するのは今年だけにしようと考えていたところだ。

理想の花嫁は見つからなかったのだから——と、ここでレナルドは気付く。このメレディスを、伴侶として迎えればいいのではないのかと。

ぺたんと伏せていた耳はピンと伸び、尻尾も上を向く。そんな状態で話しかけた。

『おい』

しょんぼりとしているメレディスに、レナルドは声をかける。

『お前は、その、婚約者とか、いるのか？』

「いいえ」

父親が一生懸命結婚相手を探しているが、薬草令嬢と名高い変わり者のメレディスと結婚したい者は現れないという。レナルドの尻尾が無意識のうちにブンブンと揺れた。

『ならば、私の領土に来ればいい』

「え!?」

『広い庭がある。そこで、お前の薬草を好きなだけ育てるといい』

「ほ、本当ですか、レナ様?」

『ああ、本当だ』

メレディスは小さな箱庭のような都会の社交界よりも、アルザスセスの緑豊かな土地のほうが合っているのではとも思った。

『ま、まあ、無理にとは言わんが』

ちらりと、レナルドはメレディスを見る。

目が合った瞬間、メレディスの眦(まなじり)から、真珠(しんじゅ)のような美しい涙がポロリと零(こぼ)れた。

『え!?』

泣くほど嫌だったのか。レナルドは狼狽(ろうばい)する。

メレディスの周りをウロウロと動き回るも、かけるべき言葉が見つからなかった。女性の泣き止ませ方など、両親も、叔父(おじ)も、家庭教師も教えてくれなかった。どうすればいいのか、ひたすらあたふたするばかりである。とりあえず、泣いているわけを問いかけてみた。

『ど、どうしたというのだ？』

メレディスは地面にぺたんと座り込み、両手で顔を覆って泣き続ける。

『私の領土に来ることが、嫌だったのか？』

その言葉には、ブンブンと首を横に振る。その点には、ホッと胸を撫で下ろした。

レナルドはメレディスの前に伏せをして、顔を見上げた。そして、なるべく優しい声で話しかける。

『ならば、なぜ、泣いている？』

「お、お話は、大変光栄で、嬉しかったのですが――わ、わたくしは、まだ、貴族女性としての、務めを、果たしておりません」

今の状況では、辛い役目から目を逸らし、逃げることになる。それはできないと、メレディスは震える声で言った。

『だ、大丈夫だ。大丈夫だから、泣くな』

「はい」

返事はしたものの、涙は止まらない。どうすれば涙は止まるのか。普段使わない、女性への気遣いの神経を研ぎ澄ませながら考える。

ここで、レナルドは名案が浮かんだ。

『そ、そうだ！　だったら、花嫁修業に来ればいい』

「え？」

『お前は私の領土に来て、社交性を磨け。一人前の貴族女性になったあとに、また王都に戻ってくればいい』

模範になるような貴族女性はいない。社交界の付き合いだってほぼない。

けれど、暮らしていくうちにアルザスセスが気に入り、またレナルドの妻になってくれたらこれ以上望むものはなかった。

騙すような誘いかもしれないが、メレディスの決意は揺るぎそうになかったので、言い方を変えてみた。

『答えはすぐに決めなくてもいい。後日、お前の家に使いの者を出そう』

「レナ様……！」

遠くから、メレディスを呼ぶ声が聞こえる。介添人が捜しに来たようだった。

『行け』

「レナ様、わたくし」

『また、会おう』

そう言うと、メレディスはコクリと頷いた。

レナルドは介添人に見つからないよう、誰もいない庭園へと走り去る。

漆黒の狼は、闇に溶けるように姿を消した。

「──ああ、メレディスお嬢様、ご無事で、良かったですわ」

介添人は額に汗を浮かべながら駆け寄る。

あまりの慌てように、どうしたのかとメレディスは問いかける。

「会場内で、狼の遠吠えを聞いた者がいたのです」

「まあ！」

たしかに、狼の遠吠えはメレディスも聞いた。しかし、王都の周辺に狼が出たという話は聞いたことがない。よって、聞き違いだと思ったのだ。

「犬の遠吠えだったのでしょうか？」

「狼の、精霊様かもしれませんよ？」

「あらあら、メレディスお嬢様ったら。狼の精霊は、絵本のお話ですよ」

いつまでも、夢見る少女でいることは許されない。介添人はメレディスを諌めるように話す。

「さて、素敵な旦那様を探しに行きますよ」

「ええ、そうですね」

背中を押され、煌(きら)びやかな舞踏室(ボール・ルーム)へと戻る。

一度だけ、メレディスは背後を振り返った。月明かりが優しく照らす庭園は、どこか不思議な世界に見えてしまった。

第二章　ようこそ、アルザスセスへ

　レナルドはさっそく、その日のうちにメレディスの実家であるラトランド子爵家に手紙を書いた。メレディスには使いの者を寄こすと言ったが、将来の義父に一度会っておこうと、自ら足を運ぶことを手紙に記しておいた。

　翌日に手紙を出して、その日の昼にはメレディスの父親であるラトランド子爵から返事が届く。内容は好意的なものであった。

　今日の夕方、さっそく話を聞きたいと子爵邸に招かれた。かなりの脈ありである。

「ありというよりは、ありありだ」

「それはようございました、ご主人様」

　上機嫌なレナルドに言葉を返すのは、従僕のイワン・ジーン。

　ジーン家は長年ウルフスタン家に仕える一族で、月夜の晩の狼化の秘密を知る数少ない者達である。イワンはジーン家の長男で、レナルドより三つ年上の二十二歳。整った顔立ちに、肩までの赤毛を一つに束ねた青年である。今は夕食会へ着けていくカフスピンを選びながら、機嫌の良いレナルドの相手をしていた。

「調べたところ、本日が新月だそうです」

「ああ、わかっている」

叔父が計算を間違っていたせいで、新月を勘違いしていたのだ。イワンが調べ直したところ、本日の晩が新月となる。

「今宵の夜会には、参加をされるのですか？」

「まあ、そうだな。顔を出すだけでも」

「しかし、月は不思議ですよね」

「ああ」

新月から三日月、上弦の月から満月と、月の満ち欠けは一ヶ月の間に行われる。

レナルドが夜に人の姿になれるのは、新月の晩のみ。今日は一ヶ月ぶりに、人の姿で夜を過ごせるのだ。

念のためにと持って来ていた予備の礼装が役に立った。ちなみに、昨晩の破けた服や靴(くつ)などは、イワンが回収してきてくれた。

整髪剤で前髪を撫(な)で付け、鏡を覗(のぞ)き込む。身支度(みじたく)を整えていたら、あっという間に約束の時間となる。

「よし。行くぞ、イワン」

「かしこまりました」

レナルドは従僕を引き連れ、馬車でラトランド子爵邸へ向かう。

社交期(シーズン)の街並みは活気にあふれ、道行く人々も華やかだ。

高級紳士服店に、宝石店、アンティークショップと貴族御用達(ごようたし)の店の前を通り過ぎた。

次第に、高い壁が築かれた高級住宅街へと入って行く。街屋敷(タウンハウス)だというのに、どこも広大な庭を有し、立派な邸宅を構えていた。

メレディスの生家であるラトランド子爵家の歴史はたった四十年と短いが、国内に五カ所の所有地を持ち、砂糖工場、織物工場の経営、石炭、鉄鉱石の採掘など、数々の事業で成功を収めた裕福な一族である。

新興貴族は歴史ある一族と付き合いを深めることに積極的だ。

ウルフスタン伯爵家の財産はラトランド子爵家の十分の一ほどしかないが、歴史ある名家だ。十分つり合いは取れているだろう。

今宵(こよい)の招待を嬉しく思っていたが、それ以上に、メレディスとの再会に心が躍っていた。

「ご主人様、本日は、メレディス嬢にウルフスタン家の血について、ご説明をなさるおつもりで？」

「いや、今日はしない。もしも、私の花嫁になってくれた時に、話そうと思っている」

「では、その時まで内緒、というわけですね」

「然様(さよう)」

というわけで、本日は昨日出会った狼のレナではなく、ウルフスタン家の当主レナルドとして会いに行く。

馬車の窓から赤煉瓦造りの、気品あふれる優美な邸宅が見えた。

「あれが、ラトランド子爵家の屋敷か」

「そのようです」

屋敷の周辺は、高い壁に囲まれていた。

「街の中に、これだけの規模の屋敷を構えているとは」

「ラトランド子爵家は、資産家ですからね」

「ふむ。なるほどな」

ラトランド子爵家の外門を通り、玄関口のロータリーで下ろされる。レナルドは襟を正したあと、初めてのお宅訪問に挑むことになった。

今日もメレディスに会えると信じて疑わなかったが、通された客室にいたのはラトランド子爵のみで彼女はいない。

動揺が顔に出ないよう、気を引き締めて話をする。

まず、結婚は申し込まずに、アルザスセスに花嫁修業に来たらどうかという提案をする。そして、もしも領地とレナルドのことを気に入ってくれるのであれば、妻として迎え入れたいと。

ラトランド子爵は訝しげな面持ちで話しかけてくる。

「なるほど。伯爵は、うちの娘を夜会で見初めたと」

「実はまだ、直接話したことはなく……」

「では、一目で気に入ってくださったと？」

レナルドは深々と頷いた。

その後、緊張のあまり、無口になってしまう。メレディスに惹かれたのは、心優しく確固たる意志を持ち、それから、喋る狼を受け入れるほどの寛大な心を持っていたからだ。

しかし、ラトランド子爵が納得する内容を、欠片も伝えることはできなかった。普段、人見知りをするわけではなかったが、相手がメレディスの父親だったので、酷く緊張していたのだ。

「娘の噂話はご存じで？」

「薬草令嬢？」

「ええ、そうです。嫁の貰い手もない、困った娘なのです」

朝は日の出と同時に起き、庭で薬草の世話をする。昼間は地下の実験室に引きこもり、蒸留釜で精油を作ったり、石鹸を作ったり。

夕方、陽が沈みかける時間帯にまた外に出て、除草作業などを行う。

「貴族の女性らしいことは、何一つできない娘です」

メレディスは薬草令嬢の名に恥じない、薬草から始まって薬草で終わる生活を送っていた。

「薬草を育てることは、亡くなった妻の趣味だったのです」

メレディスの母親は、寝室の窓際に鉢を並べて、観賞植物のように薬草を育てていた。採れた薬草で茶を作り、家族に振る舞っていたのだ。

「妻が亡くなったあと、どうしてか娘が薬草を育てるようになったのです」

まさか、ここまでのめりこむことになるとは、ラトランド子爵は想定していなかったようだった。

「可哀想だと思って、好きにさせていたんです。しかし、こんなことになるとは……」

ちなみに、メレディスが作った石鹸などは孤児院へ寄付しているようだった。

「慈善活動だけは、立派でした。そこは、娘を誇らしく思っています」

しかし、貴族令嬢らしからぬ娘へと育ったメレディスに、求婚者は現れなかったし、申し込んでも無下に断られることばかり。ラトランド子爵も、諦めていたところだったと話す。

「だったらなぜ――」

快く承諾してくれなかったのか。レナルドは問いかける。

「娘は妻に似て、どこか浮世離れしています」

貴族の夫人は夫の不在時に、女主人としての役割を果たさなければならない。

メレディスは貴族の女主人は務まらないと思ったのだ。そのため、レナルドの申し出に難色を示した。

「二十歳(はたち)になる前に、修道院に行かせようと考えておりました。イーリスという地方に、立派な薬草園がある修道院があって……そこならば、娘も幸せに暮らせるだろうと」

「いや、ちょっと待ってください。そんなの！」

修道院に行かせるなんてとんでもない。

「私の領地は、貴族の付き合いもほぼないですし、それを強(し)いる者もいません」

しどろもどろになりながら、説明する。

レナルドが領するアルザスセスは自然豊かな土地で、農業、畜産、酪農(らくのう)が盛んで、中でもワインの有名所だ。

気候は一年を通して穏やか。雪が深くなることも、酷く暑くなることもない。住みやすい土地である。

「だから、その、お嬢さんも、きっとのびのびと暮らせるのではないかと」

「なるほど」

いつの間にか立ち上がり、ラトランド子爵に向かって力説をしていた。

冷静になってみると、大声でアルザスセスは田舎(いなか)であると主張しただけの内容だった。

しかし、ラトランド子爵の胸には響いたようで――。

「わかった。まずは、アルザスセスに花嫁修業に行くかを、娘に聞いてみよう」

「あ、ありがとうございます！」

返事は後日、アルザスセスに届けると言った。

こうして、レナルドはメレディスにも会えないまま、子爵邸を去った。

薬草令嬢、メレディス・ラトランドの朝は早い。

日の出前に起き、侍女の手も借りずに身支度を整える。

腰まであるアプリコット色の髪は高い位置で結び、ワンピースの上から使用人が装着しているようなエプロンを身に付ける。左手にジョウロ、右手にスコップを握り、一人で部屋を出る。

廊下を歩いていると、太陽の光が差し込んでくる。今日も良い天気だった。

メレディスの薬草園は、庭の片隅にあるささやかなものである。地面にしゃがみ込み、花芽が上がってきている苗木を園芸用のハサミでパチンと切り落とし、高さを合わせる。これは収穫も兼ねている。葉だけ摘んでいると均衡が悪くなり、枯れてしまうのだ。

本日収穫した薬草は、昼食にでも使ってもらおうと、そのまま厨房に持って行った。

朝は一人で朝食を食べる。

焼きたてのパンに炒った卵。カリカリに焼かれたベーコンに、豆のスープ。朝から作業をしていたので、空腹だった。パンを二個、ペロリと食べてしまう。

朝食後は地下の実験室に籠(こも)って、薬草からさまざまな物を作りだす。

今日は孤児院で使う防虫剤を作る予定だ。これと一緒に衣装をしまうと、虫食いを防げる。

虫は衣服に付着したたんぱく質を好む。洗っても取れない食べ残しの染みになった部分を、虫が食べてしまうのだ。虫食いは深刻な問題だと、以前シスターが言っていたので、メレディスは本で調べて作ることにした。

まず、虫が嫌う薬草の精油――ラベンダーとミントを用意した。それを重曹(じゅうそう)と混ぜるだけで、あっという間に防虫剤が完成する。

重曹には脱臭(だっしゅう)効果があるので、服の保存に最適であった。

要らない服を解いて小袋を作る。そこに重曹と精油をブレンドし、混ぜたものを入れたら、防虫剤の完成だ。

ふうと息を吐く。途中、昼休憩(きゅうけい)もあったが、集中していたようで、気が付いたら夕方になっていた。防虫剤は箱に詰めて、孤児院へ届けるように侍女へと託す。

その後、風呂に入り、夕食の時間となる。客が来ていたので、いつもより遅めだ。ドレスに着替え、綺麗(きれい)に化粧(けしょう)を施(ほどこ)し、食堂へと向かう。

食卓に並ぶのは、当主である父親と、文官をしている兄。騎士をしている二番目の兄、それからメレディスの四人である。

当主である父親へ会釈(えしゃく)をしたあと、給仕係の引いた椅子(いす)に座った。

「メレディス、昨日の夜会はどうだったかい？」

父親が質問すると、二人の兄の表情は強張る。無理もない。紹介してくれた人と会話も盛り上がらなければ、ダンスも上手く踊れなかったのだ。

結果的に、兄達の顔に泥を塗ることになってしまった。そのことを報告しようかどうか、迷っていると、先に話しかけられる。

「上手くいかなかったようだね」

「……はい」

周囲の若い男女が、キラキラとした表情で会話しているところを見るのは辛かった。どうして、気の利いた話題を振れないのだろうと情けなくもなった。

だが、悪いことだけではなかった。外に出て気分の入れ替えをしようとしたメレディスは、蔓薔薇のアーチの下である紳士と出会った。

普通の紳士ではない。黒く、サファイアのような瞳を持つ、大きな狼だ。

レナと名乗る紳士は優しかった。普通の令嬢と違うメレディスを笑わなかったどころか、否定もしない。

それに、ウィットに富んだ会話をしてくれた。異性と話が途切れたことがないのは初めてだった。

もっと話をしたい。もっとレナのことを知りたい。そう思っていた折に、アルザスセスに来ないかと誘われた。それはメレディスにとって、僥倖でもあった。

しかし、彼女はラトランド子爵家の子女である。貴族女性の務めを果たさず、自分の好きなことなどできるわけがない。

メレディスは涙ながらに、お断りをすることになった。

帰宅後、レナとの出会いは、自分の願望が見せた幻だったのではと思うようになった。それくらい、不思議な時間だった。

レナはメレディスの家に、使いの者を寄こすと言っていたが――。

「メレディス、先ほど、お前を訪ねてきた男性がいてね」

メレディスはハッとなる。レナは本当に使者を送ってくれたようだった。

念のため、確認してみる。

「お父様、それは、アルザスセスのお方でしょうか？」

「ああ、そうだ」

父親の返事を聞いた瞬間、メレディスは両手で口元を押さえる。目頭が熱くなり、頬も火照っていた。昨日のことは夢や幻ではなかった。レナという紳士は、存在していたのだ。

「それで、お前をアルザスセスに招きたいと言っている」

「はい」

「どうする？」

そう聞かれて、言葉に詰まる。

レナのもとへと行きたい。けれど、それは貴族女性としての務めを放棄することになる。

花嫁修業という名目であったが、通常は十二歳から十五歳までに済ませなければならないことである。十六のメレディスがするには遅すぎた。

「その顔は、行きたいのだろう?」

「それは――」

二人の兄の顔を見る。二人共、驚いた表情を浮かべていた。

ラトランド子爵家は新興貴族で、他の貴族との繋(つな)がりはほとんどない。メレディスの結婚を通して、家と家の関係を深めなければならなかった。

「メレディスは、アルザスセスに行きたいのだろう?」

もう一度、問われる。なんとも言えなかったが、沈黙は肯定するようなものだった。

「私は、お前が貴族の結婚に向いていないと、前から思っていたよ」

「も、申し訳、ありません」

「行っておいでと言っても、メレディスは頑固だから、聞き入れないんだろうね」

そのとおりであった。メレディスは父親が許可を出しても、行く気にはなれないでいた。

「だったら、試練を与えよう」

「試練、ですか?」

まず、アルザスセスの男性と会ったことも、話したこともないかと確認される。メレディスはレナしか知らないので、コクリと頷（うなず）いた。

「わかった。ならば、明日の夜会で、アルザスセスからやって来た男性を探すんだ。黒髪に青目の青年だ。その男性を見つけ出すことができたら、アルザスセスに行っても良いことにする」

顔も、名前も知らない相手を探すのは、大変なことだ。高い社交性が必要になる。

「お父様、それは――」

「いい、許す。お前の人生だ。好きにしなさい」

子爵は話す。メレディスの母も、自然と自由を愛する女性だったと。

「私が妻にと娶（めと）ってしまったから、貴族社会という鳥籠（とりかご）の中に閉じ込めて、儚（はかな）くなってしまったんだ」

だから、メレディスには、自由に生きてほしい。子爵は諭（さと）すように言った。

「お前のしたいようにしなさい。でも、アルザスセスの男性を見つけないと、願いは叶わないからね」

「はい、ありがとうございます……」

メレディスは泣きそうになったがぐっと堪（こら）える。涙を流すのは、試練を果たしてからにしようと思った。

翌日は社交界デビューの晩同様、朝から身支度を行う。

侍女に全身綺麗に磨かれ、髪は丁寧に櫛を通し、爪はピカピカになるまで手入れがなされた。

本日のドレスですと見せられたのは昨日のドレスとは違い、胸元が大きく開いたものだった。

きゅっと絞られた腰回りに、ふんわりと広がるシフォンスカート。裾にはレーストリムがあしらわれている。清楚ながらも、大胆な意匠であった。

「あの、こちらは……？」

社交界デビューの晩に着たドレスは、ここまで襟ぐりの深いものではなかった。不安になったメレディスは侍女頭を振り返り、問いかける。

「そちらのドレスは、お嬢様が社交界デビューを失敗した時用に作っておいたものになります。それならば、きっと殿方に見初められるでしょう」

「あ、そう、なんですね」

まさか、結婚の申し出がなかった時のことを考えてくれていたとは。情けないやら、申し訳ないやら、恥ずかしいやら、複雑な気持ちになる。

コルセットを着用し、ドレスを着てみる。鏡に映った姿を見て、慌てて胸元を隠した。

同時に、涙目で侍女頭を振り返る。

「あの……」

「言いたいことはわかります。そうですね、レースのケープをご準備しましょう」

想像以上に胸が強調されていたので、侍女頭もこれはどうかと思ったのか、ハイネックのレースケープを用意してくれた。

胸元は透けて見えているが、何もないよりはマシだろう。

前回よりも濃い化粧（けしょう）を施され、髪型は左右の髪を編み込みにして、後頭部で纏（まと）める。最後に白鷲（しろわし）の羽根飾りを挿した。

準備開始から昼食や休憩を挟んで七時間後に、身支度は完成となる。

社交界デビューの晩よりも綺麗だと、使用人達は褒（ほ）めそやす。メレディスは苦笑いで応えた。

軽食を食べ、紅茶を飲んで心を落ち着かせたあと、二番目の兄と共に、王宮にある舞踏室（ボール・ルーム）へと向かった。

バクンバクンと、心臓が跳ねている。社交界デビューの時よりも、緊張していた。

アルザスセスの男性を見つけることができるのか。見た目も名もわからない相手だ。頼りは、メレディス自身の社交性のみである。

思いつめた表情を浮かべるメレディスに、二番目の兄ハルトが声をかけた。

「メレ、アルザスセスの人を探すの、手伝おうか？」

ハルトの言葉に、メレディスはブンブンと首を横に振る。

「これは、わたくしが一人でしなければ、意味のないことですので」

「そうか」

――お前は変なところで頑固者だったな。

ハルトの呆れたような言葉は、もはや耳に届いていなかった。

メレディスの頭の中は、社交界の礼儀のことでいっぱいいっぱいだったのである。

馬車から降りて、介添人と落ち合う。

急遽介添人を頼むことになった彼女は、ラトランド子爵の妹――メレディスの叔母で事情は聞いていたのか、アルザスセスの男性探しに付き添ってくれるらしい。

「男性の紹介など、特に私は何もしなくていいとお聞きしております」

「はい、すみません。どうぞ、よろしくお願いいたします」

メレディスは介添人に深々と頭を下げた。

ハルトのエスコートで会場まで向かう。

二回目の晩となる夜会は、顔見知りとなった貴族達が集まって賑わいを見せていた。

すでに、婚約が決まった者達がいるようで、縁があった証である白薔薇の生花を胸に飾っていた。

「お兄様、わたくしはここで」

「そうか」

ハルトは介添人である叔母にメレディスを託す。

「叔母さん、メレディスを頼む」

「ええ、わかりました」

メレディスも叔母に頭を下げた。

「では、メレディスさん、行きましょう」

「はい」

前を見据え、一歩、一歩と夜会会場へと踏み出した。

まず、情報収集をするために、王宮の個室で開かれているサロンへ向かった。

メレディスが所属するのは、公爵令嬢マリーが主催する『エメラルドの瞳』。名前のとおり、緑色の目をしたご令嬢が招待されるサロンである。

今まで、何度か顔を出したが、派手なご令嬢ばかりなので、尻ごみして積極的に輪の中に入れないでいた。

メレディスが入ると、シンと静まり返る。歓迎されていない雰囲気(ふんいき)に、叔母は首を傾(かし)げた。

「あらメレディス、あなた部屋を間違えたんじゃなくって？」

「いいえ、合っています」

スカートを摘(つ)まみ、淑女(しゅくじょ)の礼を取る。

「あら、メレディスさんじゃない。お久しぶりね」

「はい、お久しぶりです」

声をかけてきたのは、サロンの主催者であるマリーであった。

公爵令嬢であり、第三王子の婚約者でもある彼女は、かなりの美人である。

「薬草令嬢のメレディスさんは、まだ薬草を作って、地下の実験室に引きこもっているのかしら？」

赤髪で気の強そうなマリーの取り巻きの一人が、からかうように話しかける。

「あら、メレディスさん、あなた薬草を育てているの？」

マリーはメレディスの噂(うわさ)について知らないようだった。サロンにも、善意で誘ったのだろう。

「メレディスさん、薬草にしか興味がないから、『薬草令嬢』と呼ばれているのよ」

「彼女、地下に籠(こも)って、怪しいお薬を作っているのですって」

「あなた、薬草に、詳しいの？」

「え？」

「お薬作れるって本当!?」

マリーはメレディスの手を掴(つか)み、ぐっと接近してくる。

「えっと、薬草は、嗜(たしな)む程度で、薬は簡単な、民間薬を……」

「そうなの！」

それを聞いたマリーは、メレディスの介添人以外を部屋から追い出す。そして、手を握ったまま、悩みを打ち明けられた。

「実は私、背中にニキビがあって」

マリーは十八歳。三ヶ月後に結婚式を行うことになっている。ドレスは背中が大きく開いているもので、ニキビが見えてしまうかもしれないのだ。

「侍女は、ベールで隠れるから平気だって言うんだけれど、気になってしまって」

医者に相談するのも恥ずかしく、そのまま放置している状態らしい。

「何か、ニキビに効く薬草はご存じかしら？」

「そうですね――カモミールとか、いいかもしれません」

カモミールには抗酸化作用があり、皮膚の表皮組織の新陳代謝を手助けする効能がある。また、肌の劣化を阻止する作用もあった。

メレディスもニキビができたら、カモミールの精油で軟膏を作って塗っていた。

「カモミールのお薬は、どこで入手できるの？」

「薬屋には、たぶん置いていないかと。あ、カモミールティーでも、十分作用はありますよ」

「本当？　それだったら、今日からでもできそうね」

「よろしかったら、軟膏は明日作って、公爵家に届けるようにいたしましょうか？」

「本当？　いいの？」

「はい、材料はありますので」

一応、民間療法であると言っておく。カモミールの軟膏も、すぐ患部に塗るのではなく、一度健康な肌に塗って、被(かぶ)れないか確認をしてから使ってほしいと伝えた。

「ありがとう、メレディスさん！　まさか、あなたが解決してくれるなんて！」

「いえ、大したことでは」

「大したことよ！」

マリーはメレディスの薬草の知識を、しきりに褒めていた。

今までマリーを話しかけ難いご令嬢だと思い込んでいたが、実際に話してみると気さくな女性だった。

メレディスは思う。どうせ話をしても相手にされない、馬鹿にされるだけだと決めつけていて人付き合いに対して臆病になっていたのだと。

「そういえば、メレディスさんはここに何をしに？」

サロン『エメラルドの瞳』には、一回か二回程度しか参加していなかった。何か目的があったのか聞かれる。

「あ、えっと、人を探しておりまして」

「あら、誰かしら？」

「アルザスセスのお方なのですが……」

「ああ、噂になっていたお方ね！」

どうやら、メレディスの探し人は噂のとなっていた。

「なんでも、背がお高くて、綺麗な黒い御髪で、青い目が素敵な男性だったと」

会場でも目立つほどの、美丈夫だったらしい。

「皆、お知り合いになりたいと思っていたらしいけれど、夜会が始まってすぐにいなくなってしまったのですって」

本命がすでにいたのだろう。そんなことが囁かれていた。

「まさか、その本命って、メレディスさん？」

「いえ、わたくしは、お会いしたことはございません」

「あら、そうなの」

名前まではわからないと言う。主催である王族に問い合わせたら調べることもできるとマリーは助言してくれた。

「よろしかったら、頼みましょうか？」

「いえ、あの、大丈夫です」

「遠慮しなくてもいいのよ？　カモミールのことを教えてくれたお礼だから」

「さ、探す楽しみが、あるかなと」

「それは素敵ね」

メレディスは立ち上がり、礼をする。

「マリー様、ありがとうございました」

「いいえ、これくらい、気にしないで。私のほうこそ、ありがとう」

マリーの言葉に、笑顔を返す。

「また、サロンにいらしてね」

「ぜひ、また」

部屋を出て、再度大広間へと移動した。


水晶で作られたシャンデリアがキラキラと輝き、その下を男女がくるくると踊る。ひらり、ひらりと舞うドレスは、花びらのように美しい。

夢のような光景が広がっているが、現実は物語のように甘くない。皆、将来を共にする伴侶(はんりよ)を求めて、夜会に参加している。そこに恋心や愛情などは存在していなかった。メレディスもまた、自身のために、舞踏室(ボール・ルーム)へと足を踏み入れる。

会場内は熱気に包まれていた。冬だというのに、異様に熱い。

「メレディス、大丈夫ですか？」

「はい、叔母様、大丈夫です」

どうやら、ふらついていたらしい。慣れない夜会の場で、人酔いしていたようだ。少し休むかと訊かれたが、首を横に振る。

捜索を再開させようとしていたが、思いがけない事態となった。

見知らぬ男性に声をかけられる。茶色く短い髪で、体つきが逞しいので、騎士だろうか。そんなことを思いつつ、会話に応じる。彼は二番目の兄の知り合いらしい。兄と同じメレディスのアプリコット色の髪を見て、気付いたのだとか。

しばらく、会話を交わしたあと、社交辞令のようにダンスに誘われた。もちろん、断るわけにはいかないので、笑顔で応じる。

頭に叩き込んだステップを、間違えないようにこなしていく。くるくると回る度に、目が回りそうだった。具合はますます悪くなってしまう。

健康だけが取り柄だったが、今日はどうも調子が良くなかった。

一曲だけ踊って挨拶を交わし、別れることになる。

ここから、一人の行動になった。事前に、叔母には話してある。メレディスはアルザスセスの男性――黒髪に青い目をした青年を探さなければならない。

黒髪は珍しいので、すぐに見つかるはずだと思ったが、どこを見てもそれらしき人物は見当たらない。もしかしたら、参加をしていないのではという考えも、脳裏を過った。

歩き回っていると、何度か声をかけられる。すべて、ダンスの誘いだった。メレディスは笑顔で応じ、具合が悪いのに無理して踊った。

一時間のうちに四名と踊っただろうか。侍女頭の用意した露出度の高いドレスのおかげか、初めて夜会に参加した晩よりも、声をかけてもらえた。

しかし、もう体力の限界なので、ダンスはできない。もしも声をかけられたら、どういう風に断ればいいのか。そんなことを考えていると、またしてもダンスの誘いを受けてしまう。

背が高く、明るそうな雰囲気の青年であった。

「君、可愛いね。よかったら、俺とダンスをしない？」

「えっと……」

腕は重く、足はガクガク。喉も渇いて声すら満足に出せない。もう一曲くらいならば、無理してでも踊れそうだったが、終わった途端に倒れてしまうことはわかりきっていた。

自分の体だ。自分自身が一番理解している。

「名前はなんていうの？」

「ラ、ラトランド子爵家の、メレディスと、申します」

「へえ、ラトランドね」

スッと、目が細められる。値踏みされているようで、なんだか落ち着かない。

「あの、わたくしは――」

酷く疲れていて、今は踊れない。そう言おうとしたら、腕を取られてしまう。

「次の曲、テンポが速くて得意なんだ」

「いえ、それが」

「大丈夫、きちんとリードするから」

男は軽く腕を引いただけなのに、メレディスは抗うこともできず、一歩、一歩と前に踏み出す。視界がグラリと歪んだ。

ダメだ。もう、倒れる——と、思った刹那、誰かがメレディスの腰を支えた。

ふわりと鼻をかすめたのは、森の奥にいるような爽やかな香り。

いったい誰がと顔を見上げるが、視界が霞んでいて、わからない。

「お前、誰だ！　横取りするなど、マナー違反だぞ！」

メレディスをダンスに誘った男の声だけが、耳に届く。

「具合が悪そうな女性を、無理矢理連れ回そうとしていたからだ」

落ち着いた男性の声を聞いて、メレディスは目を擦る。その声には聞き覚えがあった。

それは昨晩、メレディスの話し相手になってくれた、黒く大きな、美しい狼——。しかし、少しだけ鮮明になった視界に見えたのは、黒髪の男性だった。レナではない。彼に似たサファイアのような青い瞳が、メレディスのほうに向けられる。

「大丈夫か？」

「少し、風に」

冷たい風に当たったら、楽になるだろう。そう思って、途切れ途切れに伝えた。しっかり歩かなければと思った瞬間、摑まれていた腕の拘束感がなくなった上に体がふわりと浮かぶ。

「え？」

すぐに、横抱きにされて運ばれているのだと気付いた。ジロジロと、周囲から視線が集まっているような気がして、恥ずかしく思う。けれど、立って歩く気力はなかった。

メレディスを助け、抱き上げてくれたのは、先ほどの黒髪に青い目をした青年だった。そこで、ハッとなる。彼こそが、ずっと探していたアルザスセスの男性であると。

「あ、あの！」

「医務室に連れて行くだけだ。心配するな」

なんとなく、変なところに連れて行くことはしないだろうと確信していた。まだ、名前も知らない相手なのに、不思議なものだと思う。

無言で廊下を進んで行く。眩暈は収まった。意識も、だんだんと鮮明になっていく。

アルザスセスの男性は二十歳前後の若い青年であった。眉間に皺が寄り、口元はぎゅっと結ばれている。愛想のあるタイプには見えなかった。

医務室に到着し、メレディスの身柄は看護師に託される。寝台に寝かされると、ホッと息を吐いた。メレディスが横たわったことを確認すると、すぐさまアルザスセスの青年が去ろうとしたので、慌てて引き留めた。

「すみません、少し、お話を！」

青年はくるりと振り返る。眉間の皺はまだ、解れていなかった。その様子を見て、たじろいでしまうが、チャンスは今しかないと思って声をかけた。

衝立の向こう側には、看護師が数名いる。そんな中、アルザスセスの男性は寝台のすぐそばにある椅子に座った。

まず、メレディスは名乗る。アルザスセスの青年も、ぶっきらぼうな様子で自らの名を口にする。

「……レナルド・ウルフスタン」

ウルフスタンといえば、アルザスセスを領する伯爵家である。その地には、二十歳に満たない若い領主がいると聞いたことがあった。彼――レナルドがそうなのだろう。

メレディスは伯爵本人に運んでもらったことを恥じて、頭を下げた。

「ありがとうございました。具合が悪い中だったので、助かりました」

「ああ」

レナルドは険しい顔のまま、返事をする。

一昨日の晩であった狼、レナはウィットに富んでいたが、レナルドは寡黙。二人は真逆の性格のように思えた。

それにしても、なぜ、伯爵家の当主であるレナルドがわざわざラトランド家に訪問したのか。首を傾げている間にハッとなる。レナルドは精霊であるレナと契約をしている仲なのだろうと。

もしかしたら、絵本に出ていた狼の精霊はレナのことなのではないのかと思った。

レナが守護するアルザスセスの地はどんなところなのか。気になって仕方がない。それに、レナルドにも、今日受けた恩を返したいと思った。

メレディスは勇気を出して、話しかける。

「あの、レナルド様」

「なんだ?」

「先日は、我が家に来ていただけたようで」

「ああ、まあ」

そっけない返事である。メレディスには一切興味がないと、言っているようなものであった。

けれど、彼女は負けない。

先ほど公爵令嬢マリーと話をして気付いたことであるが、人は見かけによらない。不機嫌に見えても、そうであるとは限らないのだ。

「お誘いいただいたとおり、アルザスセスの地で、花嫁修業ができたらなと、思いまして」

「……そうか」

ここで、レナルドが立ち上がる。

「では、あとの話はラトランド子爵と話をつけておこう」

「は、はい。ありがとうございます」

「もう、休め。顔色が悪い」

「はい」

話が終わったらすぐに立ち去ろうとしたので、ショックを受けていたメレディスであったが、体調を思っての行動だった。

やはり、人は見かけや行動だけで判断できないのだ。

「レナルド様、本日はありがとうございました。また、お会いできる日を、楽しみにしております」

メレディスの言葉にレナルドは低い声で返事をして、部屋を出る。最初から最後までぶっきらぼうな態度だった。しかし、その行動の裏には、優しさが滲(にじ)んでいた。メレディスは、もっとレナルドのことを知りたいと思う。

それは初めての、異性への興味であった。

同時刻。レナルドは目にも留まらぬ早足で廊下(ろうか)を歩いていた。
また、メレディスに会えた。しかも、アルザスセスに来てくれる。思いがけない幸運に、胸が早鐘を打つ。
しかし、想定外の問題もあった。

狼の姿の時はお喋りできたのに、人の姿だとまともな会話さえできなかった。メレディスに見つめられると、頭の中が真っ白になってしまう。嫌われていないだろうか。心配になった。

途中で、メレディスを捜す三十代半ばくらいの夫人を見かけた。声をかけると、介添人であることが発覚したので、具合を悪くしているようだったので医務室に連れて行ったと伝える。

「ありがとうございます。メレディスは姪なんです」

メレディスの叔母は深々と頭を下げたあと、走って去って行った。これで、彼女に関しては安心だろう。そう思い、レナルドは自らに用意された部屋へと戻った。

この日で、王都での滞在は最後となる。レナルドは見舞いの花をラトランド家のメレディスに送り、父子爵には娘をアルザスセスで預かる旨を伝える手紙を認めた。

花嫁を見つけることができたレナルドは、意気揚々とアルザスセスへ帰ることになる。

王都の洗練された景色から森のほうへと進路を向け、馬車を走らせる。
アルザスセスへは馬車で三日かかる。夜は宿で休み、狼に変化することをバレないようにしながら過ごさなければならない。
三日目の昼に、アルザスセスへと到着した。

王都より西の位置にあるウルフスタン伯爵領——アルザスセス。

広がる景色は緑豊かでのどか。どこまでも続くブドウ畑の脇を馬車で駆けて行く。

村人の気質は温厚。森に魔物がでることがあるが、伯爵家の私設自衛団である『黒狼隊』が守ってくれるので大事には至らない。名物のワインは国内でも人気で、毎年直接買い付けに来る貴族もいる。酒造りの伝統を守りながらささやかな暮らしをする、平和な村だ。

馬車が村に入ると、伯爵家の家紋に気付いた子ども達が、手を振ってくる。レナルドは窓に近付き、手を振り返した。

村を通り過ぎた先にある小高い丘に、ウルフスタン伯爵邸がある。背後は豊かな森と湖がある、煉瓦造りでエメラルドグリーンの屋根が美しいおとぎ話に出てきそうな瀟洒な屋敷だ。

二十個もの部屋と風呂は五カ所、広大な庭を持つ屋敷には、四名の使用人しかいない。それでも、やっていけていた。

というのも、家の壁や床には魔法がかけられており、塵や埃が積もらないようになっている。よって、掃除を必要としない。さらに、世話をする伯爵家の者はレナルド一人だった。

伯爵家にはレナルドと、彼の叔父リヒカルがいる。

リヒカルはレナルドのように、多くの世話を必要としなかった。なぜならば——。

『やっと帰って来たんだ！　レナルド、お帰りなさい！』

帰宅するレナルドを一番に出迎えたのは、リヒカルだった。

リヒカル・ウルフスタン。レナルドの二つ年下で、目付け役として伯爵邸に滞在している。

たったと駆け寄って、嬉しそうに話しかけてきた。

『ねえ、レナルドのお嫁さんは？　どこにいるの？』

「リヒカル、夜会に行って、そのまま伴侶（はんりょ）を連れて帰って来られるわけがないだろう？」

『そうだった』

ぺろっと舌を出す様子は、まるで犬だ。否（いな）――彼、リヒカル・ウルフスタンは常に狼の姿なのだ。

大きさはレナルドの狼の姿よりも小さい。大型犬と同じくらいだ。ブンブンと尻尾（しっぽ）を振りながら近づく様子は、ただの犬にしか見えない。

しかし、魔力が薄くなる新月の晩にのみ、リヒカルは人の姿となる。

その理由は先祖返りだと言われていたし、彼の持つ魔力の高さが原因であるとも言われている。

普段、客とリヒカルが運悪く遭遇（そうぐう）してしまった場合、叔父だと言わずに、飼い犬だと説明される。狼精霊の血を引くウルフスタン伯爵家の秘密は口外できないからだ。

幸いにも、リヒカル自身は狼化や飼い犬扱いを気にしない楽天家である。案外慎重なところもあるので、年若くして伯爵となったレナルドの目付け役として、適任でもあった。

『それで、お嫁さん、どんな子？』

「あ、いや……」

『知りたい、知りたい〰〰』

　レナルドはメレディスについて思い出す。出会いとなった一日目の夜会の晩は、甘く、美しい記憶であった。居間まで続く長い廊下の道のりを、頰を緩めながら歩いていた。

『それで？』

「あ、ああ。彼女はとても優しい娘で、薬学に打ち込む一面もあり……」

『見た目は？』

「肌は白く、薄紅の髪は艶やかで、控えめながらも、好奇心に満ち溢れた緑色の双眸をしていた」

「へえ、そうなんだ〜。いいなあ。僕も、狼の身でなかったら、行きたかったんだけどな〜。やっぱり、新月の日以外、狼の姿って、なかなかやばいよね」

「新月といえば！」

　レナルドはしゃがみ込み、リヒカルに詰め寄る。

『なんだい？』

「リヒカルがやった新月の計算が間違っていた。おかげで、私は夜会の会場で狼になってしまった！」

『わ〜お。それは悪かった。あ、いや、王都へ見送ったあと、ちょっと間違ったかもって気付いていたんだけどね』

自分で計算しないからそういうことになるんだと言われたら、何も言い返せない。それに、狼の姿になったおかげで、メレディスに出会えた。あの、人の大勢いる会場では、カスミソウのような控えめな可愛さを持つ女性とは知り合えなかっただろう。

「まあ、おかげで彼女に出逢えたわけだが……」

『だったら、僕ってば愛のキューピッドじゃん！』

「う、まあ……」

『名前は？　なんていうの？』

「メレディス。メレディス・ラトランド」

『うわあ、可愛い名前だねえ』

居間に辿り着くと、当主であるレナルドは上座に座り、その斜め前にリヒカルが座ろうとしたが、途中で止めた。

『ここは今度から、お嫁さんの席になるね！』

「あ、まあ、うむ。そうだな」

照れながら返事をする。

ここで、使用人が入って来る。恰幅が良く、赤毛を撫で上げている眼鏡の男は家令のハワード・ジーン。イワンの父親である。

「お帰りなさいませ、ご主人様」

「ああ、ただいま帰った」

続いて、茶器と菓子の載ったティーワゴンを押して来るのは、侍女のキャロル。イワンの双子の姉である。彼女も、弟同様、切れ長の目に整った目鼻立ちと、人目を引く容貌の持ち主であった。

レナルドには紅茶を、リヒカルには深皿によそったミルクを差し出す。

『あ～、おいし。キャロルの淹れてくれたミルクは世界一だね』

「ありがとうございます。もったいないお言葉です」

リヒカルの褒め言葉に、キャロルはクールに返す。ちなみに、ミルクには何も入っていない。ただのミルクを皿に入れただけである。

突っ込んだら負けという雰囲気の中、会話がなされていた。

『キャロル、クッキーちょうだい』

「かしこまりました」

キャロルの手のひらに置かれたクッキーを、リヒカルはパクンと食べる。手のひらまでペロリと舐めている様子を見て、レナルドは自身の行動を思い出し、真っ赤になっていた。彼は同じことを、メレディスにしてしまったのだ。

『ん？　レナルド、どうしたの？』

「あ、いや、なんでもない」

やはり、あの行動は普通ではなかった。ブンブンと首を振って、恥ずかしい記憶に蓋を閉じて封じた。

『ハワード、レナルドの奴、お嫁さん見つけたって』

「それはそれは、おめでとうございます」

「うむ」

月夜の晩に狼化するウルフスタン家の花嫁探しは毎回難儀する。運が良いレナルドは早くに見つけることができた。

「それで、いつ頃こちらへ？」

「調整中だ。キャロル。西の部屋を、用意しておいてくれ。カーテンや家具は新調して、女性が好みそうな物を揃えてほしい」

「かしこまりました」

ハワードとキャロルはいなくなり、再度二人きりとなる。お腹が満たされたリヒカルはふわ～っと欠伸をしていた。

『そういえば、狼の姿は怖がらなかった？』

「いや、驚いてはいたが、怖がることはなかった」

『それは素晴らしいね』

レナルドの狼姿は体長二メートルと、歴代の当主の中でもひと際大きい。メレディスが怖がらなかったのは奇跡だった。

『いや〜、問題もないようで何より、何より』

問題と聞いて、大切なことを言い忘れていたことにレナルドは気付く。リヒカルやハワードは、すっかり花嫁を迎えるつもりでいるようだったので、しっかり伝えておかなければ。

「リヒカル、その、なんだ」

『ん？』

「メレディスは……あれだ。まず、うちに、花嫁修業に来ることになっている」

『え、どゆこと？』

「この地に来て、アルザスセスが気に入り、さらに、私の伴侶となってくれる決心がついたようなら、結婚を申し込もうと、思っている」

『ええ〜〜〜、なんじゃそりゃ！』

どうして結婚を申し込まなかったのかと、詰め寄られる。

「いや、だって、夜に狼になるとか、嫌だろう？」

『ウルフスタン家の男はみんな夜になると狼になるんだから、仕方がない話でしょう？』

「まあ、それは、ある意味すべての男にいえることだと言うか……」

父親には結婚を前提にと言ってある。ラトランド子爵はそれを承諾（しょうだく）してくれた。

「だから、あとは私の頑張りしだいと言うか」

『なるほどね。それで、狼化について、メレディスさんはなんと？』

レナルドは明後日の方向を見る。誤魔化そうとしていたが、すぐに勘が良いリヒカルに気付かれてしまった。

『ま、まさか、狼の姿でだけ会って話をして、狼化のことは言ってないんじゃ……!?』

「いや、きちんと次の夜会で人の姿で会った……！　まあ、狼化のことは話をしていないが」

リヒカルは大きな溜息を吐く。

『もしかして、狼の時とは別人を装って、メレディスさんに会ったとか？』

「け、結果的に、そうなっただけで」

メレディスは酷く具合が悪そうだった。偶然見つけた時には、レナルドも驚いた。その時の事情も説明する。

『ほうほう。なるほど。まあ、それだったら、仕方がないよね』

喋る狼を受け入れたメレディスだ。きっと、狼になれる人も受け入れてくれるだろう。

そう信じたいが、拒絶されることを思ったら、気が重くなる。

『レナルドはまだマシだよ。狼になれる人なんだから。僕なんて、人になれる狼なんだよ？』

リヒカルは月に一度、月夜の晩しか人の姿になれない。彼の花嫁探しに比べたら、レナルドは大した問題ではないだろうと言われてしまった。

「その辺は、一緒に暮らしていくうちに、おいおいと」

『そうだね。ゆっくり分かち合っていけばいいよ』

とにかく、ド田舎(いなか)であるアルザスセスに来てくれる女性がいた。それだけでも奇跡だと、喜ぶことにしておいた。

『そういえば、僕はなんて説明するの？』

「いきなり狼が叔父(おじ)とか言ったら、驚くだろうから……」

まずはアルザスセスの生活に慣れてほしい。大丈夫そうだったら、まずレナルドが仲良くなって、狼化について説明し、求婚する。

いきなりすべて伝えるのではなく、段階を経て、説明していきたかった。

『だったら、僕はいつもどおり愛犬役にする？　わんわん？』

「いいのか？」

『うん』

別に、それでも構わないと言う。

「ちょっとずつ説明したら、きっと、大丈夫……たぶん」

『喋る狼を受け入れてくれた女性なら、心配ないって。たぶん』

ウルフスタン家の血筋なのか。彼らはそろって前向きだった。

それから一ヶ月後、メレディスはアルザスセスにやって来る。

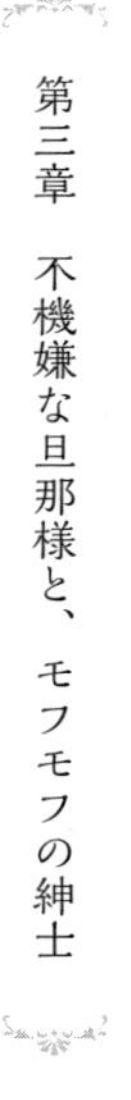

第三章　不機嫌な旦那様と、モフモフの紳士

豊かな森と美しい湖に囲まれた最果ての地――アルザスセス。

王都から一歩も出たことがないメレディスは、目の前に広がる大自然に圧倒されていた。

どこまでも続くブドウ畑に、小麦を挽く風車。風になびく草原に、田畑を耕す人々。それから、赤煉瓦の可愛らしい家。どれも、王都にはない、美しい光景である。

馬車から風景を眺めながら、勇気を出してここに来て良かったと、メレディスは思った。

ウルフスタン伯爵家の屋敷は村から森のほうへ馬車を走らせた先にある。森に抱かれるように建ち聳えていた、立派な屋敷だ。

到着すると、四名の使用人が出迎えてくれた。

「お待ちしておりました、メレディスお嬢様。この地を選んでいただき、感謝の気持ちでいっぱいです」

家令のハワード・ジーン。メレディスの父親と同じくらいの年齢で、優しそうな人だった。

続いて、一歩前に出て挨拶をするのは、料理長を務めるハワードの妻、ネネ。

「はじめまして、ネネです。アルザスセスのおいしい料理を堪能してくれたら嬉しいです」

「はい、ありがとうございます」

ネネはふっくらとした、包容力のある女性だった。

「……どうも」

「……はじめまして」

独特の雰囲気のある双子の姉弟、キャロルとイワンが短い挨拶をした。侍女と従僕を務める。

以上がこの屋敷で働く使用人らしい。あまりの少なさに、メレディスは驚いた。

「このお屋敷を、四人だけで切り盛りを？」

「はい。というのも、このウルフスタン家の屋敷は魔導戦争時代の古い産物でして」

ハワードがにこやかに説明する。

「このお屋敷には、大規模な魔法がかけられておりまして、埃や塵が発生しないのです。そのため、掃除をしなくても、どこもかしこもぴかぴかで」

「まあ！」

心から驚く。というのも、魔法の技術は数百年前に起きた魔導戦争でほぼ失われてしまった。

世界には、ごくわずかな魔法使いが存在するだけで、普通の人にとって魔法は遠い存在なのである。

ただ、魔法使いらが遺した一部の技術は現代にも残っていた。その一つが、魔石燃料と呼ばれるものである。

魔石燃料とは、魔石の中にある魔力をエネルギーとして使うもので、灯りを点けたり、竈や暖炉の火になったり、湯を沸かしたりと、使い方は多岐に渡る。

現代にある魔法とは、それくらいだ。しかし、ウルフスタン伯爵邸には、魔法があった。

壁の模様と思わしきものはすべて呪文で、月明かりから発せられる魔力を使って魔法が発動されているらしい。

「ちなみに、庭は妖精が世話をしてくれるんですよ。わたくしめは、一度も目にしたことがありませんが」

窓から見えるのは、冬薔薇が咲き誇る美しい庭だった。そこはいっさい人の手が入っていないというので、驚きだ。

メレディスは言葉を失う。魔法があり、目には見えない妖精はいるというアルザスセスは、童話的な土地だった。

壁に刻まれた呪文を見ながら歩く。よくよく観察していたら、天井や床にも刻まれていた。文字は普段使っている文字とまったく違う。古代文字と呼ばれる、難解なものであった。

「あの、ここには、レナルド様だけが住んでいるのでしょうか?」

「いえ、もう一人――」

ハワードが何か言おうとした時、あとに続いていたキャロルが咳き込む。

「おっと、すみません。ここにいらっしゃるのは、ご主人様――レナルド様だけでございます」

「そう、でしたか」

ハワードの物言いはもう一人いると言ったようなものであった。おそらく、狼精霊であるレナのことだろう。

妖精は姿を現さないと言った。精霊も、あまり人前に出てこないのかもしれない。

いつかきっと会えるだろう。ここに滞在する間、一度でも話せたらいいなと思った。

長い長い廊下を進んだ先に、ウルフスタン伯爵家の当主の書斎がある。中で、レナルドが仕事をしているようだ。

メレディスは夜会の晩を思い出す。具合が悪い時に強引な男性にダンスに誘われ、ほとほと困っている時に助けてくれたアルザスセスの青年、レナルド。終始ぶっきらぼうな様子だったが、青い瞳は優しい色合いを滲ませていた。

久々に会えるので、ドキドキと胸が高鳴る。それは緊張からくるもので、恋ではない。メレディスはそう思っていた。

ハワードが扉を叩くと、すぐに返事が聞こえる。

キイと、重厚な扉が開いた。誰の手も借りずに、自動で開いたので、メレディスは驚く。

「えっ……これは？」

「お嬢様、こちらも魔法です」

のので安心してほしいと言われた。

ウルフスタン伯爵家の屋敷には、さまざまな魔法がかけられているらしい。すべて害はないので安心してほしいと言われた。

どうぞと促され、書斎に足を踏み入れる。真っ赤な絨毯に、中は本がびっしりと並べられた棚がある。天井からは豪奢なシャンデリアが吊り下がっていた。レナルドは執務机で仕事をしているようだった。

「ご主人様、ラトランド子爵家のご令嬢、メレディス様をお連れしました」

「ああ、わかった。下がれ」

ハワードは下がる。未婚の男女が部屋で二人きりになるのはよくないので、キャロルだけ書斎に残った。

レナルドは書き終わった書類をパラリと捲り、処理済みの箱の中へと入れる。ひと仕事終えたあと、メレディスのほうを見た。

青い瞳と視線が交わる。メレディスの胸は、再度ドクンと跳ね上がった。横抱きされた時の綺麗な目と同じだったので、その時の記憶が甦ってきたのだ。

今思い出すと、とても恥ずかしい記憶だった。大勢の前で横抱きにされて、医務室に連れて行かれるなど。

ここで、きちんと礼を言っていなかったと思い、スカートの端を摘まんで頭を下げた。

「ラトランド子爵家のメレディスです。この度は、お招きいただき、ありがとうございました。先の夜会でも、助けていただき、深く感謝を……」

「気にするな」

ここで、会話が途切れる。

レナの時はたくさん喋れたのに、レナルドの前だとどうしてか話題が浮かんでこない。メレディスは自らの社交性のなさを情けなく思った。

「――庭は」

「え？」

「好きに使うといい」

薬草でも、なんでも植えていいと、許可を出してくれた。

「お庭には妖精さんがいると聞きました。私が立ち入っても、大丈夫でしょうか？」

「やつらは放っておいてもかまわない。こちらが悪さをしない限りは、干渉してこないだろうから」

「はい、かしこまりました」

一応、妖精にとっての悪さがどういう行動に値するか、不安なので質問してみた。

「それは、ワザと草花を踏み荒らしたり、妖精の悪口を言ったり、姿を見せた妖精を捕まえようとしたり……」

それを聞いて安心した。妖精の怒りは、人のものと変わらない。普通に過ごしていたら問題ないようだ。

「そういった妖精さんとのお付き合いは、代々ご当主様に伝えられるのでしょうか？」

「いや、これらはすべて、私と叔父が幼少期にやらかしたことだ」

幼い頃のレナルドはやんちゃだったらしい。妖精の存在を信じず、姿を見たいがために庭を荒らした。姿を現した妖精の悪口を言って近くに引き寄せ、捕まえようとしたのだ。

「私と叔父は、妖精の怒りに触れ、呪いで一ヶ月ほど喋れなくなった」

「まあ！」

「七歳の時の話だ。忌々しい。私にも、こんな時代があったのだ」

苦虫を嚙み潰したような顔で話すレナルドの様子に、メレディスは笑ってしまった。

「そうだったのですね。わたくしも、気を付けます――あ！」

メレディスは慌てて口元に手を当てた。初対面に近い人の前でこんなに笑ったのは初めてだった。なんてはしたないのかと、頰を染める。

「すみません」

子どもの頃の思い出を話す間、レナルドは少し雰囲気がやわらかくなっていたが、すぐに無表情に戻っていた。

彼は「気にするな」と言ったが、メレディスは盛大に気にしていた。

花嫁修業に来たのだから、淑女らしく努めなければ。メレディスはアルザスセスに滞在する間の目標を掲げる。

「あの、伯爵様。わたくしは、ここでどのようなことをすればいいのでしょうか？」

「そうだな。まず、村の婦人会に参加してほしい」

婦人会とは、女性の意見が領主のもとへ届けられる、月に一度の会合であった。今までは伯爵家の女性が行っていたが、今は誰もいないので、レナルドが直接足を運んでいたらしい。

「女性の話は難解だ。だから、行ってくれると助かる」

「承知いたしました」

話は以上である。花嫁修業といっても、教師がいるわけではなく、大した役割をするわけでもない。庭は好きに使っても良いと言うし、言い渡された仕事も月に一度の会合だけであった。

本当に、これでいいのか。

メレディスは思ったが、口出しするのもどうかと思い、今は任された仕事をこなすだけだと思うようにした。その後、一礼して書斎を出る。

キャロルが屋敷の中を案内してくれた。

「メレディスお嬢様の部屋はこちらになります」

メレディスは前を歩くキャロルを早足で追った。

「――あら？」

視界の端に何かが一瞬映った。振り返ると、フワフワの綿毛のようなものが漂っている。大きさは手のひらくらいだ。ただの綿毛ではなく、つぶらな目と口があって、メレディスと目が合うと、ふよふよと飛んでカーテンの陰に隠れてしまった。

「メレディスお嬢様？」

「あ、すみません」

見間違いではなかった。確かに、白い綿毛状の生き物がいた。もしかしたら気のせいである可能性もあったが、キャロルに話しかけてみる。

「あの、キャロル様、先ほど、手のひらくらいの白いモコモコが見えたのですが……」

「私のことはキャロルで構いません。白いモコモコは妖精でしょう」

キャロルには見えないので、どういった妖精かは謎らしい。

「妖精様は、見えたり見えなかったりするのですか？」

「はい。魔力値が高い場合は、見えることもあるそうです」

「まあ、そうなのですね」

しかし、魔力値が高いとは。今まで感じたことがなかったので、驚いた。

ちなみに、当主であるレナルドの前にも、滅多(めった)に顔を出さないらしい。

「普段から見えるのは、リヒカル様くらいで」

「リヒカル様、ですか？」

誰かと訊いたら、伯爵家で飼っている犬だと言っていた。フラフラと出回っているので、運が良かったら会えるだろうと。

「妖精を見ることができるお方は、高い魔力を持つ方以外にもいます。その条件は研究では明らかにされていないそうです」

「そうなのですね」

妖精の研究は進んでおらず、謎に包まれていた。妖精魔法というものも存在するが、世界のどこかに存在する一族が一子相伝で受け継いでいるものなので、その秘儀が外部に伝わることはなかった。

「もしかしたら、メレディスお嬢様と呼応したのかもしれません」

「そっちの可能性が高いかもですね。昔から、わたくしは綿毛のようにフワフワしていると言われていたので」

きっと、自分が妖精化したら、綿毛のような姿になるのだろう。そう言えば、ぷっと噴き出す声が聞こえた。キャロルが気まずそうにしながら、口を押さえてメレディスを見ている。

「失礼を」

「いいえ、良かったです。わたくし、お話をしていて、他人を笑わせたことがなかったので」

思いがけず、キャロルの笑いのツボを突いてしまったようだ。

クールな侍女（じじょ）、キャロルは六つか七つほど年上に見える。最初は話しかけにくいかと思ったが、こうしてメレディスが話しかけると応じてくれるし、笑ってもくれた。やはり、人は見かけによらないのだ。

「あの、キャロルさん、お訊きしたいのですが」

「なんでしょう?」

「ここで暮らすにあたって、何か気を付けたほうがいいこととか、ありますでしょうか?」

キャロルは首を横に振って言った。何もないと。

「どうか、お好きなようにお過ごしください」

まずは環境に慣れることが大事なのだろう。メレディスはそう思うことにした。

部屋に到着する。中は花柄の壁紙に、薄紅のカーテン。白い椅子や机に本棚と、可愛らしい調度品で揃えられた部屋だった。

メレディスの荷物は届いていたようで、寝室のほうへ運び込まれているようだ。部屋を見て回り、ほうと溜息を吐く。どこもかしこも、童話に出て来る部屋のように可愛らしかった。

「すごく、素敵です……!」

「お気に召したようで、何よりです。旦那様に伝えておきますね」

「はい、ありがとうございます」

部屋にある紐をキャロルは指差す。引いたら、使用人部屋に繋がったベルが鳴るようになっているらしい。その後、キャロルは一礼し、部屋から辞する。

メレディスは一人になった部屋で、くるりと回った。スカートが、ふわりと膨らむ。

窓を開くと、穏やかな風が流れてきた。吸い込んだら、爽やかな気持ちになる。王都ではありえないほど空気が澄んでいて、綺麗だった。

目の前に飛び込んできたのは、豊かな自然。収穫を終えたブドウ畑の緑が、どこまでも広がっている。

妖精が世話をしているという庭は、人の手がまったく入っていないというのが信じられないと思うほど整えられている。

どんな草花が植えられているのか？　さっそく、見に行ってもいいだろうか？

メレディスはワクワクが止まらず、胸を押さえた。そして、居ても立っても居られなくなり、余所行きのドレスを脱いで、作業用のワンピースに着替えた。

エプロンをかけ、髪の毛はほどいておさげの三つ編みにして、部屋から出ようとしたが、思い留まる。実家から送っていた鞄を探り、飴が入った四角形の缶を取り出して、エプロンのポケットへ詰めた。妖精と会えたら、お近付きの印に渡そうと思ったのだ。

廊下を歩いていると、またしても、白いモコモコの妖精と出会ってしまった。

メレディスは歩みを止めた。妖精は隠れる場所がないからか、オロオロとしていた。

「あ、あの……」

声をかけるとビクリと反応し、恐る恐る見上げている。

見下ろすのはよくないと思い、廊下に膝をついて座った。

改めて見てみると、つぶらな目と、小さな口が可愛い妖精である。メレディスは微笑みかけ、ポケットの中から缶を取り出して蓋を開ける。上下に振ると、カランカランと音が鳴った。

出てきたのは、イチゴ味の飴。そのまま差し出した。

『キュイ?』

か細い声で鳴く妖精。くんくんと鼻を動かすような仕草を見せている。興味はあるようだった。メレディスは「どうぞ」と勧める。

すると、ポンポンと跳ねて、少しずつ近付いて来た。メレディスはちょっとだけ、手渡しは怖いと思った。相手は妖精、未知の生き物である。

しかし、目の前の妖精は臆病に見えた。きっと、害することはないだろう。

そう自らを鼓舞しながら、じっと相手が飴を食べてくれるのを待つ。

白いモコモコの妖精は、パクンとメレディスの手のひらの飴を食べた。

おいしかったのか、頬は薄紅に染まり、ポーンと大きく跳ねる。

『キュイ、キュイ!』

妖精は大いに喜んでいた。メレディスの友好の証は、きちんと受け取ってもらえた。ホッと安堵の息を吐く。

ぴょんぴょんと跳ねまわる様子を微笑ましく見守っていたら、妖精はメレディスの傍へやって来た。じっと顔を見上げ、お辞儀をするように、ペコリと会釈するような動きを見せる。

『キュイ』

礼の言葉を言っているような気がして、メレディスも「どういたしまして」と言葉を返した。

一連の行動で信頼を得たのか、妖精はメレディスの膝に頬ずりをしている。

まるで、仲良くしてくれと言っているかのようだった。

「あの、私はメレディスと申します。あなたは？」

『キュイ』

名前はまだない。と言っている気がした。メレディスが名付けてもいいとも。

「でしたら、モコモコさん、でどうでしょうか？」

『キュイ、キュイ！』

見たままの名前であったが、妖精――モコモコは喜んでいた。メレディスの周りを飛び跳ね、はしゃいでいるよう。

「私、これから庭に行くんです。一緒に行きますか？」

『キュイ！』

モコモコも一緒に行くようだ。メレディスは仲良くなったばかりの妖精を肩に乗せて、庭を目指す。

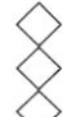

ウルフスタン伯爵家の庭は、近くで見るとなお素晴らしいものであった。

常緑樹が青々と生い茂り、庭の奥へと続く砂利道(アプローチ)を芝が囲んでいる。

冬であるが、色とりどりの花が咲いていた。

紫色の華やかなクロッカスに、可憐(かれん)な白い花を咲かせるスノードロップ、低木に咲くエリカの花。木々の陰を覗(のぞ)き込むと、黄色いキバナセツブンソウの花がひっそりと咲いていた。

「モコモコさん、本当に、綺麗なお庭ですね」

『キュイ！』

夢中で見て回っていたら、あっという間に陽が傾く。風が強く、冷たくなり、クシュンとくしゃみをしてしまった。

「ちょっと寒くなってきました」

美しい庭を前に子どものようにはしゃいでいたメレディスは、外套(がいとう)を着てくるのを失念していた。自らの肩を抱きしめ、微(かす)かに震わせる。

『キュイ！』

「え？」

肩に乗せていたモコモコが一瞬光ったかと思いきや、メレディスの全身を覆う白い外套となる。

「モコモコさん、これは、魔法ですか？」

『キュイ！』

古の時代に失われた技術――魔法。それを初めて目の当たりにしたメレディスは驚きを隠せないでいた。

「すごいです。暖かくて、フワフワ。ありがとうございます！」

『キュイ、キュイ！』

お安い御用だと、言っているような気がした。

そうこうしている間に、陽が沈んでいく。そろそろ、屋敷に戻らなければならない。

振り返ったメレディスの視線の先にいたのは、もふもふとした犬だった。

逆光でよく見えなかったが、メレディスはハッと気付く。

それは、夜会の晩に薔薇のアーチの下で出会った狼――レナ。

もしかしたら、もう会えないかと思ったが、レナはこの地にいた。メレディスは嬉しくなって、駆け寄ったが、近付いたあとに違和感を覚える。

尻尾をぶんぶんと振って、メレディスを見上げるのは、レナではなかった。

二回りほど小さい、狼ではない普通の犬である。

メレディスはキャロルから聞いた話を思い出した。ウルフスタン伯爵家では、リヒカルという名の犬を飼っていると。

「あ、あの、もしかして、リヒカル様、でしょうか？」

返事をするように、目の前の犬は「わん！」と鳴いた。

「はじめまして、わたくしは、メレディスと申します」

再度、犬——リヒカルは「わん！」と鳴く。首を動かし、会釈をしているように見えた。その様子や仕草は、少々人間くさい。

もしかしたらレナについて何か知っているのではと思い、尋ねてみる。

「すみません、リヒカル様。レナ様をご存じですか？」

大きくて、優しくて、紳士的な狼だと説明する。

「あと、信じられないかもしれませんが、人の言葉を喋るのです」

「くうん……」

リヒカルは首を傾げ、困ったような顔をしているように見えた。どうやら、知らないようだ。

やはり、レナはこの地を守護する大精霊で、滅多に人前に出てこない存在なのか。

ここに来たら、また逢えると思っていたので、メレディスはしょんぼりと肩を落とした。

——もう帰ろう。

そう思って立ち上がったのと同時に、遠くから声が聞こえた。

「メレディスお嬢様！」

キャロルであった。息を切らしながら、駆けて来る。部屋に置いてあった、庭に遊びに行きますという手紙を読んで、捜しに来たようだった。

「もうそろそろ、夕食の時間となります」

「あ、はい。そうですね」

「今から身支度を整えて——それは？」

キャロルはメレディスの着ていた、白いモコモコの外套を不思議そうに眺める。

「そちら、ただの毛皮には見えませんが？」

「こちらは、廊下で出会ったモコモコさん——白くてフワフワの妖精さんが、変化したものです。つい先ほど知り合いまして、わたくしが寒いと言ったら、このように」

「そこまで、仲良くなられたのですね」

メレディスがモコモコと呼ぶ妖精はウルフスタン伯爵家の屋敷に住む存在で、古の時代には伯爵夫人と契約を交わしていたらしい。

「ウルフスタン伯爵家の歴史書によると、妖精エリア・アポ・クシュルーは、貴婦人の好む衣装に変化することができるのだとか」

キャロルはメレディスの纏う外套を見て、頷きながら言った。

「記述の通りです」

仲良くしておいて損はない。むしろ、得をすることが多いだろう。

ウルフスタン伯爵家に古くから棲む妖精だと知り、メレディスは嬉しくなった。

「お名前は、エリア・アポ・クシュルーさんというのですね」

「おそらく、種族名かと」

「でしたら、モコモコさんでいいでしょうか？」

「そうですね」

先ほどから、モコモコは大人しくしている。激しく人見知りをするのだろう。キャロルも実物を見たのは初めてだと言っていた。

風が強く吹いて、キャロルのスカートを膨らませる。彼女は薄い仕着せ姿だった。

「すみません、寒いですよね？　早く戻りましょう」

「いえ、このくらい、寒いうちに入りませんが」

あと一ヶ月ほどすれば、雪が降る。その時が寒さのピークらしい。しかし、薄っすらと積もる程度で、極寒というわけではないようだ。

「冬は地方の中でも比較的暖かく、夏はそこまで気温も上がりません。ですので、ご安心を」

「ありがとうございます」

大自然に囲まれた土地――アルザスセス。

これからどういう毎日が始まるのか。メレディスはワクワクしつつ、部屋に戻った。

実家から持って来た深緑のサテンドレスを纏い、晩餐に挑む。

ウルフスタン伯爵家では太陽が沈む前に、夕食を食べるらしい。王都では、暗くなってからなので、メレディスは新鮮に思う。

食堂には、レナルドが座っていた。その向かいに、席が用意されている。ここへは、花嫁修業に来たものだと思い込んでいたので、貴賓扱いに戸惑いを覚えていた。

しかも、食堂の空気は気まずい。

食堂へ入って来た時、メレディスは挨拶をした。それに返事をしたあと、レナルドは一言も言葉を発していなかった。目すら、合わせようとしない。

メレディスは頑張って、庭の素晴らしさを伝えてみたが、「ああ」とか「そうか」とか、一言二言で会話が終わってしまう。

異性との会話をほとんどしたことがないメレディスなので、話題はあっという間に尽きてしまった。

料理長のネネが作ったという、夕食が運ばれてくる。

前菜はベーコンとホウレンソウのチーズスフレ。深皿の大きさと同じくらいフワフワに膨らんだスフレは、空気を含んでいて、匙を入れるとしゅわりと音を鳴らす。口溶けはなめらかで、舌の上で消えてなくなる。

続いて出されたスープは、野菜と牛肉をじっくり煮込んで作ったコンソメで、口当たりはまろやか。食材の旨みがぎゅっと濃縮されている。

メインは牛ヒレ肉のパイ包み。生地はサクサクで、バターの風味が利いている。肉は驚くほど柔らかく、舌の上でとろけた。赤ワインのソースと絡めると、口の中は幸せでいっぱいになる。それから、口直しのバニラのアイスクリームにチーズ、一粒一粒が宝石のように輝くブドウに小さな木苺のケーキと、終始素晴らしい料理の数々だった。

ハワードと、イワンの給仕のタイミングも完璧で、温かな料理が次々と配膳された。

最後に、料理を作ったネネにおいしかったと伝える。

ネネは、メレディスが料理を褒めると、嬉しそうにしていた。

お腹いっぱい、大満足な食事であった――が、一つ問題を挙げるとすれば、レナルドの様子である。終始眉間に皺を寄せて、うまいともまずいとも言わずに、黙々と食事を進めていたのだ。もちろん、メレディスに一言も話しかけなかった。

何か粗相をしたのではと、不安になる。しかし、勇気がなくて、訊けなかった。

そんな感じで、食事の時間は終始気まずいままで終了となる。

メレディスは気落ちした状態で部屋に戻り、その後、風呂に入ってそのまま眠ることにした。

明日は、きっと打ち解ける機会がある。そう、信じて。

◇◇◇

レナルドは部屋に戻るなり、執務机にある書類の山の前は通過して寝室に向かう。

そのまま、勢いよく倒れ込むようにして寝台に身を沈めた。

ボソリと、独り言を呟く。

「どうしてこうなった」

『本当だよ……』

レナルドの独り言に返事をしたのは、彼の叔父であるリヒカル。はあと、盛大な溜息を吐く。

『なんなのさ、あの、夕食の態度は』

「わからん」

『出会った日は、話が盛り上がったんでしょう？』

「う、うむ」

レナルドはメレディスに再会できて嬉しかった。いろいろ話したいことがあったのに、どうしてか、彼女を前にしてしまうと、言葉が出てこなくなる。

「いったい、どうして……。これは、病なのか？」

『まあ、病気っちゃ、病気だけど』

リヒカルの言葉に、やはりそうかと返す。メレディスを前にすると動悸がしたり、頭の中が真っ白になったりする。病気に違いないと思った。

「び、病名は？」

『僕は専門家ではないから知らないよ。ちなみにそれ、お医者様では治せないからね』

「不治の病なのか？」

『ある意味そうかも』

ただでさえメレディスと上手く喋れなくてショックを受けていたのに、病気宣言を受けてレナルドはさらに落ち込む。

『まあ、普通の病気じゃないって言うか、自分で気付いたら治る魔法の病気？』

「なんだ、それは!?」

わけがわからないと、切って捨てた。

それよりも、気になるのはメレディスのことだった。食事中、終始暗い表情だったのだ。

「うわあああ、私は、なんてことを……！」

『重症患者だ』

レナルドは寝台の上をぐるぐると転げ回る。そんなことをしているうちに、雲間から月が現れて、その身に変化が起きる。

「……ウッ！」

『あ、レナルド。狼化するから、早く服を！』

狼化によって体は肥大化し、着ている服などはもれなくビリビリに破けてしまう。そのため、変化が始まる前に、服を脱がなければならない。

『この前の一張羅も、破ってしまったんだろ!?』

今日着ているのも、上等な礼服であった。秋口に作ったばかりの一式である。リヒカルは早く脱ぐようにと急かした。

レナルドは慌てて上着を脱いでシャツのボタンを外し、ズボンと下着を脱いだ。

魔力を帯びた月灯りを浴びて、変化が始まる。まず、ピンと耳が立ち、牙が鋭くなる。胸がドクンと跳ねると、黒く艶やかな毛が全身に生えてきた。

体が大きくなり、鼻先が伸びていく。

『う……ぐっ……ウオオオオン！』

悲しみから、本日も遠吠えしてしまった。寝台の上で、ゼエハアと息を整える。

『レナルド、だ、大丈夫？』

狼化による動悸が治まると、レナルドは『よし！』と言って立ち上がる。

『レ、レナ、何がよしなんだい？』

『ちょっと、メレディスと話をしてくる！』

『その姿で？』

『ああ。まだ、正体を明かすわけではない。今日のレナルドの奴は調子が悪かったのだと、言い訳しに行くだけだ』

『そ、そう。まあ、好きにしなよ』

狼化すると、レナルドは前向き思考になる。人化の時は後ろ向き思考なので、そのギャップはリヒカルも驚くばかりだった。

『あ、そうだ。あの子、メレディス嬢だけど、妖精と契約したっぽい』

『なんだと!?』

伯爵家の主（あるじ）であるレナルドですらほとんど見たことがない妖精を、メレディスはやって来た初日から心を通わせた上に、契約を交わすとは。驚きの事実である。

『しかも、契約したのは一番の臆病者である、さまざまな衣服に変化できる妖精、エリア・アポ・クシュルーなんだ』

エリア・アポ・クシュルー。魔法が当たり前のようにあった時代、貴婦人に人気を博した妖精で、ドレスや帽子、外套（がいとう）など、さまざまな衣類に変化する能力がある。

伯爵家にいるエリア・アポ・クシュルーは、臆病で、滅多（めった）に人前に出なかった。しかし、メレディスの前では違った模様。

『彼女は……いったい……？』

『すごい魔力があるとか、妖精魔法に精通しているとか、そんなんじゃないと思う。たぶん、相性がいいんだろうなと』

『なるほど』

『だから、なるべく彼女のことは悲しませないようにね。妖精が怒ったら、大変なことになるから。エリア・アポ・クシュルーは、伯爵家の歴史の中でもっとも古い妖精であるし』

『う、うむ。気に留めておこう』

レナルドはあとのことはリヒカルに任せると言って、部屋を飛び出す。

窓から外に出て、露台(バルコニー)を伝って部屋から部屋へと移動した。

ヒュウヒュウと冷たい風が吹いていた。もうすぐ、雪が降る日もあるだろう。そんな予感がするような、北風である。

狼の厚い毛皮に覆(おお)われているので、まったく寒くはないが。

メレディスの部屋の露台には、掃(は)き出し窓――地面から天井までの背の高い窓がある。

しかし、夜なのでカーテンが閉ざされていた。

内部からは、灯りが漏(も)れている。メレディスはまだ、起きているのだ。

窓を叩いたら驚かせてしまうかもしれない。なので、優しく声をかけてみる。

『おっほん。あ～、メレディス。私だ』

返事はない。声が小さかったのか。もう一度、空気を大きく吸い込んで、大きな声を出してみた。

『メレディス、いるか？』

またしても、反応はない。声だと届かないようなので、爪先をそっと近付けて、トントンと軽く叩いてみた。その効果は絶大で、すぐに、メレディスの声が聞こえる。

「はい？」

『メレディスか？』

「そのシルエットは、レナ様ですか？」

『ああ、そうだ』

メレディスはカーテンを広げる。アプリコット色の髪は下ろされており、白い寝間着姿だった。

掃き出し窓が開かれたが――。

『なっ！』

素肌が透けそうなほどの薄い寝間着の生地にぎょっとする。

通常であれば、彼女の夫しか見てはいけない姿に、レナルドは顔を逸らした。メレディスもその反応を見て、自身の姿に気付いたようで、慌てふためくような声が聞こえる。

『すまん、こんな時間に』

「い、いえ、こちらこそ、こんな姿で……。しょ、少々、お待ちくださいませ」

『う、うむ』

耳が良いので、部屋の中の会話なども聞こえてしまう。どうやら、エリア・アポ・クシュルーがメレディスのために、ドレスに変化したようだった。驚きと感嘆の声が聞こえてくる。

その後、メレディスは窓に戻って来た。

白いサテン生地に、袖や裾にレースが重ねられた清楚なドレスであった。

『すごくかわい……いや、よく似合っている』

「ありがとうございます」

メレディスははにかみながら、レナルドへ淑女の会釈をした。

部屋の中へと招かれたが、首を振って断った。婚約者でもない貴族女性の部屋に入るなど、あってはならないことである。

レナルドは狼の姿になっても紳士だった。

『すまない、窓は閉めて良いから、話がしたいと思って』

「ありがとうございます。今晩は月が綺麗ですし、このドレスはとても暖かいので、このままで」

『む、そうか。妖精のドレスは、高性能なのだな』

メレディスはレナルドの前に座る。互いに向かい合う形になり、照れてしまったが、その前に謝罪をしようと思った。

『その、今日は、すまなかった。あの、伯爵家の……』

ここで、秘密を話そうか迷ったが、今日、メレディスは妖精に出会ってしまった。その上で、当主が狼人間であると告げたら、ここはおかしな土地だと驚いて出て行ってしまうのではと考える。レナルドは、出かかっていた言葉を呑み込んだ。

『は、伯爵家の若造の態度が、なっていなくて……』

結局、レナルドは今回も黒狼のレナ――別人としてメレディスに接してしまった。

『しかし、悪い、青年ではない……と、思う』

「ええ、レナルド様はとても親切にしてくださいました。わたくしを受け入れてくださった上に、こんなに素敵なお部屋を用意してくださって」

『気に入ったか?』

「はい、とても。それに、お庭も素敵で――」

うっとりと、今日あったことをメレディスは話す。

「お庭では、妖精さんに会えなくて」

『いや、庭妖精は気難しい奴だから、会わなくてもいい。しかし、そのエリア・アポ・クシュルーと契約したことが、驚きなのだが』

「お声をかけたら、仲良くしてくださって」

『すごい才能だ』

もう何代も妖精と心を通わす者はいなかったのに、メレディスは一日目にそれをやり遂げてしまった。レナルドはすごいことだと褒める。

「ありがとうございます」

『うむ。また、妖精を見つけたら、教えてくれ』

「はい」

それから、不便なことはないかとか、使用人の態度はどうだとか、夕食時に訊こうと思っていた質問をいくつかしてみる。

「ジーン家の方々には、よくしていただいております。不便なことも、何一つございません」

『そうか』

ついでに、リヒカルが変なことをしなかったのかと訊いてみる。

「いいえ、まったく。とてもお利口で」

お利口という評価に噴き出しそうになったが、ぐっと堪える。

『……そうか、伝えておく』

最後に、レナルドの態度は素っ気ないが、メレディスを嫌っているわけではないことを、しっかりと伝えておいた。

「そ、それで、よかったら、その、仲良く、してやってほしい」

「はい、もちろんです」

その返事を聞いて、やっと安心することができた。どうやら、嫌われているわけでもないようだったし、あとは自分の頑張り次第だと思う。

しかし、どうして狼の姿だと喋れるのに、人間の姿だと喋れなくなってしまうのか。

これも、慣れなのかもしれない。

レナルドはそう思い、早く打ち解けるよう、ある約束を取り付ける。

『明日、レナルドに村を案内するように言っておく』

「本当ですか？」

『ああ。楽しみにしておけ』

「はい！」

あっさりと、デートの約束を取り付けることに成功したので、心の中でガッツポーズを取る。

明日が楽しみだ。浮かれ気分でこの日は別れることになった。


部屋に戻ったレナルドは、リヒカルを呼んでさきほどの成果を、尻尾を振りながら報告する。

『メレディスと話をしてきたぞ。彼女は私のことを嫌っているわけではなかったし、明日のデートにも応じてくれた！』

『へえ、すごいね。よかったじゃん』

リヒカルはレナルドの奮闘を喜び、また称賛した。狼の姿となったレナルドは上機嫌かつ饒舌な様子で話を続ける。

『部屋に招かれたが、きちんと断っておいた。私は紳士だからな』

『夜に押しかける行為はぜんぜん紳士じゃないけどね』

　低い声で囁かれたリヒカルの言葉に、レナルドの耳がピクンと反応を示す。

『何か言ったか？』

『い～え、なんでも。あ、そうそう。明日のデートって、どこに行くの？　裏の湖？　それともスノードロップ畑？』

『村案内だ』

『え？　それって、デートじゃなくて、ただの貴賓へのもてなしの一環じゃあ……？』

『何か言ったか？』

『なんでもな～い』

　リヒカルの反応に気になるところはあったものの、夜の訪問は大成功だった。

　メレディスは気を悪くしていなかったし、このアルザスセスの地を気に入ってくれている。

　それは、何よりも嬉しいことだった。

『リヒカルよ。お前は夜会に赴く前、王都の女性はこんな田舎に来たがらないだろうと言っていたな』

『言っていたね』

『しかし、この地を気に入ってくれる女性がいた！』

『奇特な女性がね』

『何か言ったか⁉』

『なんでもないです！』

『だったらいい』

都合の悪い言葉はすべて聞き流す。狼の姿となったレナルドはどこまでも前向き思考であった。

『でも、隠し事はよくない。可能であれば早い段階で僕らの事情を話さないとね。彼女が受け入れてくれたら、求婚を』

『う、うむ』

妖精の存在をあっさり受け入れた上に、契約まで交わしてしまった。そんなメレディスなので、きっと狼化についても、受け入れてもらえるだろう。心優しい娘だ。拒絶なんて絶対にしない。レナルドは自らに言い聞かせるように語った。

『可能ならば、今すぐにでも、妻として迎えたい』

しかし、まだ互いに理解し合っていない中で打ち明けるのは、怖い部分もあった。

『メレディスとは出逢(であ)ったばかりで、正直、自信はない。彼女がどこまで許容してくれるかも、まったくわからん』

『うん、そうだね。秘密を抱えたままなのは良くないけれど、怖がる可能性もあるし』

人の姿と狼の姿。双方で交流を重ねていったら、言い出さずともメレディスが気付くかもしれない。そうなって、自然と受け入れてくれたらいいなと、レナルドは思う。

『その、こういうことは初めてで、私も、どうしたらいいのか……』

『とりあえず、普段から紳士的に、誠実かつ親切であったら、そこそこ好意を寄せてもらえるんじゃないかな』

『紳士的に、誠実かつ親切……』

具体的にはどういうことなのか。質問してみたが、リヒカルは首を横に振った。

『紳士的な態度はともかくとして、誠実と親切は狙って作れるものじゃない。普段の在り方だから、口でどうこう説明できるものではないからね』

『そ、そうか……』

一点だけ、リヒカルより注意される。狼の姿の時に多いことだが、興奮すると声が大きくなるので気をつけたほうが良いと言われた。

『わかった』

『逆に、人型の時は声が低くて小さいから、もっとハキハキと喋るようにね』

『頑張る』

以上で報告会は終了となった。あとは、明日のデートを迎えるばかりである。

夜、メレディスとのデートが楽しみ過ぎて、興奮してしまったのか、なかなか寝付けなかった。そのおかげで朝寝坊をしてしまい、早起きして行うはずだった仕事を、朝食の時間を犠牲にして行うことになる。

ハワードが持って来たキュウリのサンドイッチを食べ、紅茶で流す。朝食の時間はたった三分で終了した。優雅とはほど遠い、ひとときである。

「メレディスと朝食を一緒に食べたかった……」

『ハイハイ、口を動かさずに手を動かす！』

書類のチェックを行うリヒカルが、レナルドを叱咤する。

『あ、ここ、計算間違ってる』

「ハワードに任せた」

『あ、ここも』

滅多に間違えることのないレナルドのケアレスミスに、リヒカルはハアと深い溜息を吐いた。

『あ～あ。結婚するまでずっとこんな感じなのかな～。本当、恋って病気だわ』

「何か言ったか？」

『なんでもな～い』

なんとか本日の仕事を片付け、身支度を整えると、レナルドはデートに挑むことになった。

天気は良好。雲一つない晴天である。少々、陽射しが強いのが難点であるが、冬なのでポカポカ陽気ということにしておく。

玄関で待っていたら、メレディスが侍女のキャロルと共に現れた。今日は彼女も同行するらしい。独身の貴族令嬢なので、一人で出かけることはできないのだ。

本日のメレディスは、思わず言葉を失うほど可愛かった。

アプリコット色の髪はハーフアップになっており、白いリボンが結んである。生成り色のワンピースの袖口はパフスリーブで、ふんわりと膨らんだ袖に手首部分はきゅっと締められている。サテンのリボンが胸で結ばれていて、胸下から切り替えられていた。ボリュームのある薄紅のスカートは踝丈だ。全体的に、イチゴと生クリームのケーキのようなフワフワとした可愛らしい装いであった。

メレディスの可憐な様子に見惚れていたら、向こうから声をかけてくる。

「レナルド様、お待たせいたしました」

「……ああ」

メレディスは申し訳なさそうにしていた。レナルドは心の中で頭を抱える。「ああ」じゃないだろうがと。彼女は集合時間五分前に来ていた。一方、レナルドは楽しみ過ぎて、十五分も前から待っていたのだ。

気にするなと言おうとしたが、メレディスと目が合ってしまい、頭が沸騰状態になる。おかげで、出かかっていた言葉が引っ込んでしまった。

混乱する中で、なんとか振り絞った言葉はなんともぶっきらぼうなものだった。

「……行くぞ」

「はい」

行くぞ、じゃない。「お付き合いいただけますか、レディ？」だ。

紳士的なデートができるように脳内で何度もシミュレーションした言葉や仕草が、メレディスを前にしたら真っ白になってしまった。

その後も、無言で村までの道のりを歩く。

紹介するような場所でもあればよかったが、あいにく、周囲は木々に囲まれていて、何もなかった。

女性は踵の高い靴を履いているので腕を貸すようにとリヒカルに言われていたが、もしもメレディスに触れられたら、身動きは取れなくなるだろう。

依然として頭が真っ白で、何を話していいのかわからない。どうしてこういう風になってしまうのか。まさか、これがリヒカルの言っていた『自分で自覚しないと治らない病気』なのか。

だとしたら、恐ろし過ぎる。

森を抜け、ブドウ畑の脇を通り過ぎた。

「……ブドウ畑だ」

「はい。もう、収穫してしまったのですね」

「……ああ」

収穫期は秋で、今はワインにするために工房で加工されている。

収穫したあと大きな桶で潰し、皮や種を取り除いたあと樽の中で熟成させるのだ。その期間は半年から数年と、種類によって異なる。熟成を終えたワインは澱を取り除き、瓶詰にされて出荷される――と、このように説明することは山ほどあるのに、口から出てきた言葉は「ブドウ畑だ」という一言だけ。語彙能力は三歳児以下で、レナルドは猛烈に恥ずかしい気分となる。

気まずい雰囲気のまま、村に辿り着いた。

「あ～、領主様だあ」

レナルドは村に一歩足を踏み入れただけで、あっという間に子ども達に囲まれてしまった。

「何しに来たの？」

「今日、リヒカル様はいないの？」

「産まれたばかりの猫見る？」

「昨日、すっごく大きな鳥を見たんだ。領主様、その鳥の名前知っている？」

ここ一ヶ月ほど忙しく、村にやって来たのは久々だったので、質問攻めにあう。

「ちょ、待て、今日は――」

「あのお姉ちゃんは、領主様のお嫁さん？」

止めを刺すような質問に、レナルドは両手で顔を覆う。その一言をきっかけに、子ども達はメレディスに興味を持ったようだ。

「ち、違っ……！」

制止も空しく、子ども達はメレディスを取り囲んで話しかけていた。

「お姉ちゃん、どこから来たの？」

「王都から来ました」

「王様がいるところ？」

「はい」

「騎士もいた？」

「いらっしゃいますよ」

子ども達は王都の話を聞いて喜んでいる。お嫁さんを連れて来たのではという興味から逸れてくれたので、内心ホッとしていた。

ワンピースが地面についてしまうことも厭わずに、しゃがみ込んで子ども達と同じ目線で話をしている。優しい娘だと、改めてレナルドは思った。

子ども達から解放され、再度村を歩いて行く。一応、村の子どもが迷惑をかけたと、一言謝っておく。メレディスは首を横に振り、子どもは好きなのでと、はにかみながら話していた。

子どもの相手もできるので、レナルドが何を言ってもメレディスならば優しい言葉をかけてくれるのではないか？

その事実に気付いたら、先ほどよりも話しかけやすくなった。

「あれは風車小屋だ。村で収穫した小麦を挽くもので――」

風車、ワイン工房、パン屋、雑貨屋、村長の家など、さまざまな場所を案内する。

たまにしどろもどろになりながらも、一生懸命村の良いところを紹介していった。メレディスが楽しそうにしていたことが、何よりも嬉しかった。

もしかしたら、村人達はメレディスといる様子を見て、勘違いをしてしまったかもしれない。まだ、彼女とはなんでもない関係なので、訊かれたら否定しなければ。そんなことを考えつつ、昼食前に帰宅した。

執務室に行き、仕事をしていたリヒカルにデートは大成功だと報告しようとしたが――。

『あ、おかえり。さっき、パン屋のおかみさんが来て、「領主様はお客様に村のご案内がきちんとできていたようですよ。子どもの頃は人見知りだったのに、成長しましたねえ」って言ってた』

「あ、そう、か……」

どうやら、デートには見えていなかったらしい。結構話も続いていたのに、どうしてなのか。

しかし、今日のお出かけで随分と打ち解けたような気がする。

もうひと頑張りだと、レナルドは思った。

◇◇◇

王都からこのアルザスセスへと花嫁修業にやって来たメレディスであったが、初日からレナルドと上手く喋ることができず、落ち込んでいた。

しかし、その日の晩に驚くべき出来事が起こる。

もはや、幻の存在だったのかもしれないと思い込んでいた狼のレナがメレディスの前に現れたのだ。嬉しくて、嬉しくて、部屋に招き入れようとしたら、独身女性の部屋に入ることはできないと断られてしまう。

夜会があった三日月の晩と同様、レナは紳士的な狼であった。

メレディスは寝間着姿であることに気付くと、着替えをしなければと衣装部屋に駆けこむ。

が、その前に思い出す。ドレスも、ワンピースも、背中に紐やボタンが付いているものがほとんどで、自分一人では着ることができない。困っていると、妖精モコモコがほわほわ飛んで来る。

メレディスが両手で掬うように持ち上げると、淡い光に包まれた。思わず瞼を閉じ、光が収まったタイミングで目を開くと、真っ白なワンピースに身を包んでいることに気付く。

先ほどは外套に変化したモコモコであったが、今度はワンピースに変化をしたようだった。

メレディスはモコモコに礼を言い、垂らしていた髪は三つ編みにしてリボンで結んだ。化粧のやり方はわからないし、これ以上レナを待たせるわけにもいかないので、このままの姿で会いに行く。

身支度を整えたメレディスは、晩餐の席でレナルドに話したかったことを伝えた。

アルザスセスの圧倒的な自然の美しさに、魔法仕掛けの屋敷のワクワク感。それから、不思議な妖精に、庭の可憐な花について、親切な使用人への感謝の気持ちなど。

レナはメレディスの話を、相槌を打ちつつ聞いてくれた。

話が終わると、レナの話を聞く。大半は、レナルドについてだった。

無口で無表情、不機嫌に見えるが、実際はそうではない。人見知りなところがあり、口下手で、何を話していいのかわからないだけだと。

メレディスが何か失礼なことをしてしまい、レナルドが不機嫌になっているわけではないとわかったのでホッとした。

それから、人見知りで口下手な点にも、好感を抱く。メレディスと似た所があったのだ。

明日は、きちんとお喋りできるだろうか。

そんなことを考えていると、思いがけない展開になる。なんと、明日レナルドに村の案内をしてもらうことになったのだ。さっそく、ゆっくり話をする機会が訪れる。

レナと別れ、ドキドキと高鳴る胸を押さえつつ、就寝することになった。

翌日。王都で買ったワンピースに身を包み、レナルドと共に村へと出かける。

屋敷を出てからずっと、レナルドは無言であった。

彼が人見知りをしているのはわかるが、本人を前にしてしまうと、どうしてか言葉が出てこない。

異性との会話に慣れていない上に、レナルドは領主なので、気軽に話しかけてはいけないのではと、萎縮（いしゅく）してしまう。

レナはレナルドにどんどん話しかけるようにと言っていたが、なかなか実行に移せないでいた。

村に到着すると、レナルドはたくさんの子どもに囲まれていた。慕（した）われているというのがよく分かり、微笑（ほほえ）ましく思った。

続いて、メレディスまでも子ども達に囲まれてしまう。

キラキラした目で話しかけられ、次々と投げかけられた質問に、一つ一つ言葉を返していく。

子ども達と会話を重ねていくうちに、メレディスは気付く。こうして、話しかけられるというのは、嬉しいことであり、興味を持ってもらえるのは、光栄なことでもあると。

もしかしたら、レナルドも同じかもしれない。そう思い、メレディスは勇気を出して話しかけてみることにした。

「レナルド様、あちらの建物はなんでしょうか？」

「あれは――」

メレディスの読みは当たっていたようで、レナルドに話しかけたら、嫌な顔一つ見せずに答えてくれる。それに、先ほどよりも表情が柔らかくなったような気がした。

しかし、目が合うと、すぐに逸らされてしまう。人見知りと口下手は聞いていたが、もしかして、照れ屋なのか？

今度、レナに会った時に、訊こうと思った。


午後からはキャロル、妖精モコモコと共に庭に出て、土いじりを行う。

妖精が世話をしているという庭は雑草すら生えていない、綺麗に整えられた庭園である。

その片隅に新しい花壇を作る。まず、更地を耕すことから始めた。

カチカチに固まった土に、柄の長いスコップを入れて掘り返す。

「メレディスお嬢様、大丈夫ですか？」

「はい、こう見えて、力が結構あるんです！」

土は堅かったが、メレディスはせっせと土を掘り返していた。力仕事なので、男衆を呼ぼうかとキャロルは訊くが、大丈夫だと笑顔で返す。

「あ、キャロルさんは平気ですか？　辛くないですか？」

「はい、私も、力があるので」

「良かったです」

今までの土いじりの経験のおかげで他の貴族令嬢より体力と腕力がある。病気もしないし、健康体であった。

貴族令嬢はか弱く、頼りないことを美徳としている部分がある。メレディスも儚い見た目をしていたが、中身は違った。

「なんて、お嬢様らしくないのですが」

「いいえ、頼もしいです」

そんな話をしながら、花壇作りを続けていく。土を掘り返したら石などを取り除き、花壇にする範囲に消石灰を蒔く。再度土を耕して、一週間ほど放置するのだ。

「気の長い作業なのですね」

「ええ、そうなのですよ」

花壇にする範囲に、煉瓦を埋めていると、何か手伝いたかったのか、肩の上に乗っていたモコモコが地面に降り立ち、くるくると回っている。

今までキャロルを警戒して身じろぎ一つしなかったのだが、メレディスと仲の良い様子を見て、安心したのかもしれない。

土の上を嬉しそうに転がっている。

「あら、モコモコさんったら」

「まあまあ」

土の上だったので、白い体毛に土が付着し、茶色くなってしまった。

『キュイ?』

小首を傾げ、どうかしたのかと訊いてくるモコモコの様子にメレディスは笑ってしまう。つられて、キャロルも笑った。

楽しそうな声に引き寄せられるように、メレディスの周囲に妖精達が集まって来た。

「これは……」

驚いてキャロルのほうを見たら、唇に人差し指を当てる仕草を取った。大きな声は出さないほうがいいらしい。

庭の草花の世話をする妖精は、緑色の小さな光の粒だった。数は三十以上いるだろう。フワフワとメレディスの周囲を漂っている。

じんわりと体が温まり、不思議な気分になった。

メレディスとキャロル、モコモコは庭の妖精が去るまで、静かな時間を過ごした。

夕食の時間に遅れてしまった。土だらけになったモコモコを綺麗にしていたら、思っていた以上に時間が経ってしまったのだ。

窓の外は陽の明かりが僅(わず)かに覗(のぞ)くばかり。夜闇が、茜(あかね)色の空を地平線へと追いやっていた。瞬く間に、夜になってしまうだろう。そのような時間帯であった。

ウルフスタン伯爵家は明るいうちから夕食をとる。メレディスは大遅刻であった。

早足で食堂まで急ぐ。もしかしたら、レナルドはもう夕食を終えているかもしれないと思っていたが、彼は食事をとらずに待っていてくれた。

「申し訳ありません、レナルド様。遅れてしまい――」

「気にするな。私もたった今、来たところだ」

腕を組み、淡々とした喋りでレナルドは言う。

しかし、十分ほど前にキャロルが「旦那様(だんなさま)がお待ちです」と言っていたのだ。たった今来たというのは嘘である。メレディスを気遣ったであろう、優しい嘘であった。

胸がじんと、温かくなる。

もっともっと、レナルドについて知りたいと思った。そのためには、打ち解ける努力をしなくてはならない。

レナが伯爵は口下手だと言っていた。だから、勇気を出してどんどん話しかけてみようと思った。

「あの、レナルド様、本日は村をご案内いただいて、ありがとうございました」

アルザスセスは豊かな自然が美しく、時間がゆっくり流れるような穏やかな地で、メレディスにとって楽園のような場所だった。

「本当に綺麗なところで、来て良かったなと、改めて思いました」

「……そうか」

その後もメレディスは頑張って話しかけたが、「そうか」、「うむ」、「なるほど」と、短い返事を返され、会話が途切れてしまう。

若干、くじけそうになっていたが、最初から上手くいくことなど一つもない。メレディスは努力を続ける。

ここで、レナとの会話を思い出した。彼はメレディスにいろいろと質問してくる。それに対し、話を広げてくれるのだ。

それと同じように、レナルドへ質問をして、そこから彼女自身が会話を広げたらいいのではと思いついた。

「あの、レナルド様は、どのようなご趣味を――」

その質問をした刹那、レナルドは手にしていたナイフとフォークを床の上に落とす。

「――え？」

レナルドは口元を手で覆い、立ち上がった。ブルブルと震え、メレディスの顔を一瞬だけ見ると、その場から走り去ってしまう。

「レナルド様!?」

　メレディスも立ち上がったが、どうすればいいのかわからずに、オロオロしてしまった。

　そんな彼女に、ハワードが声をかける。

「大丈夫です、メレディスお嬢様。旦那様は、心配ありません」

「で、ですが……」

　目は充血し、震えていた。口元を覆っていたので、吐き気などもあったかもしれない。

　もしかして、メレディスと会話をしていて、気を悪くしたのでは？

　何か、触れてはいけない言葉をかけてしまったのではないか？

　頭を金槌で打たれたような衝撃を受ける。

　食堂の窓の外から、三日月が見えた。それは、まるでメレディスをあざ笑うような、口元に弧を描いた形によく似ている。

　くらりと眩暈を覚え、テーブルに手をつこうとしたら、キャロルが体を支えてくれた。

「メレディスお嬢様、大丈夫ですか？」

「ええ、す、すみません」

　椅子に座り、水の入ったグラスを手渡された。口をつけたら、一気に飲み干してしまう。一生懸命話しかけていたからか、喉の渇きにも気付けないようだった。

「もう一杯、飲まれますか？」

「いいえ、大丈夫です。それよりも――」

レナルドはどうしたのか？　大丈夫なのか？

他人であるメレディスが踏み込んで良い問題なのか分からない。しかし、また同じ過ちを繰り返さないためにも、きちんと訊かなければならないと思った。決意を固め、キャロルに質問する。

「レナルド様は、その……どうかされたのでしょうか？」

キャロルは憂(うれ)いの表情を浮かべていた。無表情を常とする彼女の、初めて見る憂(うれ)いの顔であった。

「あ、あの、わたくしが、気分を害すようなことを、したのではと……」

震える声で問いかける。最後は言葉にならなかった。キャロルはふうと息を吐き、一拍間を置いてから話し始めた。

「――旦那様は、ご病気なのです」

「病気、ですか？」

「ええ」

ただし、深刻なものではないと付け加えられた。

「命に別状はなく、たまに、あのような発作(ほっさ)が出るだけです。心配はいりません」

「ですが、とても苦しそうでした……」

「大丈夫です。じきに治ります」

「……」

もはや、食事どころではなくなる。しかし、目の前にある物は、神様からの恵み物である。メレディスは自らが生きる糧とするため、頑張ってすべて食べきった。

その後の彼女は上の空であった。風呂に入る時も、本を読む時も。

頭の中はレナルドのことでいっぱいだった。

もう、発作は治まったのか。ゆっくり眠れているのか。気になって仕方がない――ところで、露台に狼の影が見えた。レナだ。

『メレディス、メレディスはいるか!?』

「はい、ここに。申し訳ありませんが、少しお待ちいただけますか？」

『うむ』

寝間着姿のままでレナの前に出るわけにはいかない。メレディスはモコモコにお願いして、ドレスを作ってもらう。

「すみません、お願いできますか？」

『キュイ！』

モコモコは任せてくれと、胸を張っていた。ポンポンと跳ね動く下に魔法陣が浮かび、発光する。メレディス共々温かな光に包まれたかと思えば、フリルとリボンたっぷりの白いドレス姿となっていた。

「モコモコさん、ありがとうございます」

『キュイ！』

なんとか準備が整ったので、露台に繋がる窓のカーテンを開けた。

美しい狼の双眸と目が合う。

「レナ様……」

即座に窓を開き、頭を垂れた。

「メレディス、このような時間にすまない」

「いいえ、わたくしも、会いたかったです」

そう返すと、レナの尻尾がゆらゆらと揺れた。同じ気持ちだと分かり、嬉しくなるのと同時に、レナルドにも尻尾が付いていればいいのにと思った。

常に無表情で、言葉が少ないレナルドの感情を読み取るのは酷く難しいことだった。

夕食時、たくさん話しかけて不快だったのではと心配になる。

「メレディス、どうかしたのか？」

「あの、わたくし――」

夕方の出来事を話そうとすれば、言葉に詰まり、代わりに涙が零れる。

「メ、メレディス!?」

「す、すみません、わたくしったら……」

レナの前で泣いてしまうなんてみっともない。早く涙を止めたいのに、ハラハラと流れる。どうしようか。自分のことなのに、治まらない。

自己嫌悪に陥って（おちい）いたら、ペロリと、頬（ほお）に温かいものが触れた。レナが、メレディスの涙を舐（な）めたのだ。

「――――！」

『あ、あの、すまない！　その、私は、女子（おなご）の涙の止め方を、知らなくて！』

顔を舐められて驚いたが、涙がピタリと止まった。これは、精霊の祝福か何かなのか。

「レナ様、ありがとうございます。涙、止まりました」

『ほ、本当か？』

「はい。レナ様には、不思議な力が宿っているのですね」

『う、うむ。私も知らなかったが……』

落ち着いたあと、再度どうしたのかと訊かれた。まだ、言葉に詰まる。

ここでの暮らしが辛いのかと問われたが、それは違うと首を横に振った。

「――実は、今日、レナルド様がご病気であるとお聞きして」

「う、うむ。まあ、そうだな」

やはり、レナルドは病気だったのだ。キャロルを疑っていたわけではないが、信じたくない話だった。

『しかし、あれだ。普段は元気だし、気にすることではない』

「ですが、わたくしと話をしている途中に発作が起きてしまって、何か、悪いことを聞いてしまったのではと……」

『それは違う!!』

大きな声で否定され、メレディスは驚いた。レナ自身も、自らの声の大きさでびっくりさせてしまったことに気付いたのか、気まずそうにしている。

『その、発作は、お前のせいではない。偶然だ。それに、発作はすぐに治まった。気にするでない。病気も、しばらくしたら治るだろう』

「そう、でしたか……」

病名などはレナにも分からないらしい。とにかく、キャロルの言っていた通り命に別状はないので、そこまで気にすることではないと言われた。

『まあ、あれだ。病気といっても、体を蝕むものではない』

「そんな病気があるのでしょうか?」

『ああ、あるらしい。なんでも、動悸がしたり、急に汗を掻いたり、言葉が出なくなったり、赤面したり……』

「大変な、ご病気なのですね。わたくしに、何か協力できることがあれば——」

言いかけて、口を噤む。何か症状を和らげる薬草があればと思っていたが、メレディスの知識は専門家のものではない。中には、言い伝えのように信じられているものもある。

それを、ウルフスタン伯爵家の当主であるレナルドに試すわけにはいかなかった。

『どうした？　申してみよ』

「あ、いえ。わたくしの薬草の知識が役立てばと思ったのですが、素人（しろうと）が齧（かじ）った程度の知識なので、おこがましいことであったなと」

『ああ、そうか。お前は薬草令嬢だったな』

「僭越（せんえつ）ながら」

さしでがましいことを言ってしまったと、メレディスは己の発言を恥じていた。しかし、レナはそうではなかったようだ。

『なるほどな。薬草治療もいいかもしれん』

「で、ですが、民間薬は治験などしておらず……」

「わかっている。だが、我がウルフスタン伯爵家の庭にある薬草は、妖精が育てた。だから、魔力の籠（こも）ったものが生えている」

魔力の含まれた薬草ならば、また違う効果を発揮するのではないかとレナは言った。

『暇があったらで構わない。何か、試してくれないだろうか？』

「はい、わかりました」

メレディスは元気よく返事をする。レナルドのために何かできると思ったら、嬉しくなったここで、レナと別れる。

　モヤモヤとしていた心は綺麗に晴れた。


　翌日。メレディスはウルフスタン伯爵家の庭で薬草採取をすることにした。レナルドの病気の症状は動悸、発汗、失言に、赤面。

　まず、動悸に効く薬草を探す。今日も、キャロルが付き合ってくれた。モコモコも、メレディスのあとを追いかけるようにフワフワと漂っている。

「――あ！」

　さっそく、動悸に効く薬草を発見した。それは天に向かってすらりと伸びる木だった。

「メレディスお嬢様、こちらも薬草なのですか？」

「はい、そうなんです」

　名を『ホーソン』という。古くから心臓を治す木と呼ばれ、動悸、息切れ、心臓の痛みなど、さまざまな症状に効く薬草である。

「この木は、春ごろに実を付けますよね？」

「はい。赤い実を生らします」

「でしたら、ホーソンに間違いないです」

　ちなみに、赤い実はホーソンベリーと呼ばれており、乾燥させて茶にできる。

「しかし、メレディスお嬢様、葉は手の届く位置にないですね」

『キュイ！』

モコモコが任せろ！　と主張するように鳴いた。

今まで、メレディスの前以外で存在感を示すことはなかったので驚く。ここ二日ほどの付き合いで、キャロルは怖くないと気付いたからか。

メレディスはフワフワと漂うモコモコの体を両手で掬うように持ち上げ、話しかける。

「モコモコさん、ホーソンを取って来てくれるのですか？」

『キュイ！』

元気の良い返事をしたあと、ホーソンの葉に向かってフワフワと上がっていった。

『キュイキュイキュイ～！』

どんどんホーソンの葉に近付いて行ったが、届く寸前で上昇が止まる。

『キュイ、キュイ〰〰!!』

あと少しなのに！　と叫んでいるようである。葉に向かって頑張って近付いているようだったが、力尽きたのか、急降下してしまった。

「わっ、モコモコさん！」

『キュイ〰〰』

落ちてきたモコモコを、メレディスは見事キャッチした。

『キュイ……』

ホーソンの葉が取れなかったことが悔しかったのか、モコモコは涙目だった。

「ありがとうございます。お気持ちだけでも、嬉しかったです」

『キュイ』

メレディスはキッとホーソンの木を見上げる。そして、キャロルに話しかけた。

「わたくしが木に登ります」

「え、そんな、メレディスお嬢様、危険です！」

「はしたないと思われるので、黙っていたのですが——実は、木登りが得意なのです」

メレディスのまさかの特技に、キャロルは驚いて言葉を失くす。

「庭はわたくしの遊び場でした。兄達と一緒に、木登りをして遊んで、乳母に怒られて……」

ダメだとわかりつつも、木の上の景色が大好きで、メレディスは最近まで木登りを止めていなかった。

「木の上にいると誰にも見つからないので、現実逃避の意味合いも強かったのだと思いますが……。と、そういうことなので、心配はご無用です」

「どうしてもと言うのであれば、私が代わりに登ります」

「ホーソンの木には棘があるので、慣れていないキャロルさんには危険でしょう。大丈夫です。わたくしを信じてください」

そう言えば、渋々とキャロルは頷いてくれた。

メレディスはさっそく、木登りに挑戦する。その前に、落ち込んでいるモコモコに声をかけた。

「モコモコさん、葉っぱの採取を手伝ってくれますか？」

『キュイ！』

そんなささやかな願いを聞いて元気を取り戻したモコモコは、肩にしがみ付いた。

メレディスは木の節に足をかけ、幹をぐっと摑んだ。

視界の端に見えたキャロルは、神に祈りを捧げるような恰好でいる。きっと、気が気でないのだろう。早く安心させなければ。

するすると登り、太い枝を摑む。

「モコモコさん、葉を取って来ていただけますか？」

『キュイ!!』

張り切って、モコモコはホーソンの葉を取りに行く。手足はないので、口先でプチプチと摘み、口の中がいっぱいになると戻って来た。

「ありがとうございます」

『ムイ！』

口の中がホーソンでいっぱいの状態でも、モコモコは健気に返事をしてくれた。

メレディスは慎重な足取りで木を降りる。なんとか、無事に地上に戻ることができた。

「あの、キャロルさん、ただいま戻りました」

「おかえりなさいませ、メレディスお嬢様、モコモコ様」

相変わらずキャロルは無表情であったが、どこかホッとしたような感じが雰囲気から見て取れる。

心優しい侍女に、メレディスは感謝の言葉を口にした。

キャロルとはここで別れ、メレディスは厨房に向かう。


ホーソンを使って、茶と菓子を作ってみることにする。料理担当であり、キャロルの母であるネネが興味津々とばかりに茶葉作りを覗き込んでいた。

「へえ、旦那様のために、お茶とお菓子を作るんですか？」

「はい」

「きっと、喜ぶと思いますよ」

「だと、いいのですが」

メレディスはホーソンの葉を細かく刻み、鍋に入れて炒って乾燥させる。

こうすることによって、茶葉が香り高くなり、風味も増す。

「あの庭木は薬草だったのですねえ」

「そうなんです。ただ、この薬草は苦味と辛みがあるので、お菓子との相性は微妙なものかもしれませんが……」

「まあ、大事なのは気持ちですよお」

「そうですね」

ネネに励まされながら、メレディスはクッキー作りを始める。

一時期、彼女にも菓子作りブームがあった。ただし、普通の少女と違う点は、作るのは薬草が入った物に限ることであったが。

まず、炒ったホーソンの葉をすり鉢で潰す。このままでは苦味があるので、蜂蜜を入れて混ぜた。次に、室温に戻したバターと砂糖を混ぜ、白っぽくなったら卵を加える。そこに、小麦粉とホーソンを入れて木ベラで切るように混ぜた。生地がまとまったら、しばらく寝かせる。

――三十分後。生地を伸ばし、型で抜いて鉄板に並べ、かまどで焼いた。

十分ほど焼いて、裏返してからさらに十分ほど焼いたら、ホーソンのクッキーが完成した。

まず、自分で味見してみる。蜂蜜に漬けていたからか、そこまで癖は感じない。しかし、これは薬草の菓子を食べ慣れたメレディスが感じたことである。

不安に思ったので、ネネに味見してもらうことにした。

「あ、うん……確かに苦味はあるけれど、蜂蜜の風味もあるから、そんなに不味くないですよ」

はっきりとした評価をもらう。改良の余地はあるかと質問してみたが、元々菓子作りに向いている薬草ではないので、これが精一杯だろうと評してくれた。

「大丈夫。旦那様は好き嫌いなく、なんでも食べますので！」

「え、ええ……」

ネネはそう言ったが、メレディスは作った菓子をレナルドに渡すことはできなかった。


その日の晩。レナがやって来る。

『おい、どうしたんだ？』

落ち込んだ様子を見せていたメレディスに、レナが優しく声をかけた。

「それが……動悸に効く薬草を使ってクッキーを作ったのですが、あまりおいしくできなくて……」

『お前が、私……いや、若造のためにクッキーを？』

「はい」

『み、見せてみろ』

メレディスはテーブルの上に置いていた、ホーソンのクッキーを持って来てレナに見せた。

『ほう、これが……。美味しそうに見えるが？』

「お菓子作りに向いている薬草ではなくて……ちょっと癖のある味わいです」

『むう、なるほどな』

今日の出来事をメレディスは語った。キャロルやモコモコと薬草探しをして、ホーソンの木を発見し、木登りをして採取したこと。

キャロルに心配させてしまったことや、ネネと一緒にクッキーを作ったことなど。

『お前、木登りができるのか？』

「はい」

乳母や父親のように呆れられると思いきや、レナはすごいことだと絶賛した。

『木登りができる女なんて、お前が初めてだ。なんて、お転婆で勇気があるのか！』

お転婆だと言われ、メレディスは笑ってしまった。

『良かった』

「え？」

『元気がないようだったから』

言われて気付く。せっかくレナが来てくれたのに、自分のことばかり考えて、落ち込んでばかりいたと。

「すみませんでした」

『気にするな。完璧な人間などいない』

レナは言葉を続ける。クッキーもまた、完璧なものなどないのだと。

「完璧なクッキー、ですか」

『ああ。お前は、クッキーを完璧にする方法を知っているだろう？』

「わたくしが？」

なんのことなのか。首を傾げながら考える。

『私と出会った晩にしていただろう』

ここで、メレディスはピンときた。

「あ、付与の魔法！」

「そうだ」

付与とは、絵本の中で見た魔法で、月明かりにクッキーを照らしたらおいしくなるというもの。

メレディスはさっそく、クッキーの入った箱を月明かりに照らした。どうか、おいしくなりますようにと、願いを込めながら。

「そろそろいいでしょうか？」

『うむ。魔力が籠ったはずだ』

レナが一枚食べてみたいというので、手のひらの上に載せてみる。すると、パクンと一口で食べた。

サクサクと軽やかな音が聞こえる。ごくんと飲み込んだレナの顔を、メレディスはじっと見つけた。

『実にうまい！』

魔法は大成功だった。メレディスは嬉しくなって、深々と頭を下げる。

「ありがとうございました。これで明日、レナルド様にお渡しできます」

『味は私が保証する。自信を持って行き、渡すが良い』

「はい！」

こうして、本日もレナのおかげでメレディスの悩みは解決となった。


翌日の午後。メレディスはホーソンのブレンドティーとホーソンクッキーをティースタンドに載せて、レナルドのもとへ持って行く。

向かう先は執務室であったが、ハワード曰く、休憩中なので問題ないとのこと。

ドキドキしながら扉を叩くと、すぐに返事が聞こえた。

「メレディスです」

「入れ」

執務室の重厚な扉を開き、一礼をしてからティースタンドを押して中へと入る。

「どうした？」

「あの、昨日、お庭で摘んだ薬草でクッキーを作りまして……」

――レナがおいしいと言ってくれた。だから大丈夫。そう言い聞かせ、レナルドの顔を真っすぐに見ながら話を続ける。

「その、おいしくできたので、レナルド様もどうかなと、思いまして」

「そうか。だったらいただこう」

食べてくれると言うので、ホッとひと安心。しかし、緊張しているからか、手先が震えていた。

レナルドの近くまでティースタンドを押して行き、執務机の上にティーカップとクッキーを音が鳴らないように気を付けながら置く。

「ありがとう」

「あ、いえ！」

まさか、礼を言われると思わず、ぶんぶんと首を横に振った。しかも、目が合った瞬間、微かに微笑んだように見えたのだ。顔を真っ赤にさせてしまう。

レナルドは優雅な手つきでクッキーを手に取り、半分食べる。そして、茶を一口飲んだ。味はどうだったのか。失礼だと分かっていたが、気になるので見てしまう。

「――おいしい」

ボソリと、レナルドは呟いた。その一言で、メレディスは胸がいっぱいになる。

「良かったです」

そう、消え入りそうな声で返し、深々とお辞儀をすると、部屋から去った。

良かった、本当に良かった。
メレディスの菓子と茶は、レナルドに気に入ってもらえたようだ。
自分にも何かできるのだという達成感が、喜びとなって湧き上がってくる。
メレディスは思わず、廊下の窓を広げ、アルザスセスの地に感謝した。

第四章　薬草令嬢ともふもふの旦那様の、積乱雲

冬の朝、レナルドはイワンと村の若い衆を従え、森の奥地へと赴く。銃を背負い、馬で獣を追っていた。

獲物はウサギ、キツネ、シカ、クマなどさまざま。犬がシカを発見し、追い駆ける。

レナルドは少年達に指示を出した。自分達だけでシカを仕留めるようにと。

これは、ただの狩猟ではない。もしも、村が襲撃された時に備えた訓練でもあった。

ここは騎士隊が派遣されていない最果ての地で、自分達のことは自分達で守るしかない。よって、このように村人達を鍛えていたのだ。

これは、アルザスセス領が誕生してから続く伝統でもある。

レナルドは六歳の頃から、父親と一緒に狩猟に行っていた。村の少年達が狩猟を通じて、統率と戦闘を身に付けていく様子を、見ていたのだ。おかげで、こうして父親と同じように、訓練をすることができる。

己も結婚して子どもができたら、狩猟に連れて行かなければならない。

そういえばと思い出す。母親はレナルドが小さな頃、狩猟は早いのではと父親に意見していたことを。父は「これはレナルドの将来に必要なことなのだ」と言って、意見を切って捨てていた。

もしも、同じような事態になったら、自分は毅然としていられるだろうか。

その前に、結婚できるのだろうか。

メレディスとの情けないアレコレを思い出してしまい、だんだんと落ち込んでしまう。

「旦那様、いかがなさいましたか？」

「いや、なんでもない」

しょんぼりしてしまったのが、イワンにバレてしまったようだ。

ここで、さほど離れていない距離から銃声音が聞こえた。どうやら、シカを仕留めたようだ。

レナルドは馬の腹を蹴り、現場に向かった。

狩猟期となったウルフスタン伯爵家の食卓には、さまざまなジビエ料理が並ぶ。

シカのシチューに、ウサギのパイ包み焼きに、イノシシ肉のワインソース絡めなど。

都会育ちのメレディスにはキツイ食べ物かと思ったが、意外や意外。すごくおいしいと言って、食べてくれる。

レナルド自身、森のシカやイノシシを食べて育ち、またアルザスセスの味だと思っていることもあり、嬉しいことだった。

彼女は儚げで繊細な少女に見えるが、狼の姿をしたレナルドに動じなかったり、木登りが得意だったり、キャロルからは意外と力持ちだったという話も聞いた。

なんとも、頼もしい女性だと思った。

そんな意外性も、可愛いとレナルドは思う。

田舎暮らしには、多くの貴族令嬢が美徳とする繊細な感覚は必要ない。自然に身を任せ、何が起きてもどんと受け止める大きな器が必要なのだ。

メレディスには、それが備わっているように思える。


昼食後、事務仕事に取りかかる。途中、ハワードが一通の手紙を持って来た。

「旦那様、こちらのお手紙ですが――」

「どうした？」

手紙など、いつもひとまとめにして机に置いてあるだけなのに、銀盆の上に置いてあった。

上級貴族からの手紙か。はたまた、王族か。それとも、メレディスの父親からの「娘をよろしくお願いいたします」の手紙なのか。

ありえないことだが、妄想する分には許されるだろう。顔がにやけないよう、表情筋に力を入れつつ、ハワードに話しかけた。

「誰からだ？」

「それが……真なるウルフスタン伯爵家の当主から、と」

「は？」

「あと、ですね……」

ハワードが喋(しゃべ)っている途中であったが、誰かの悪戯(いたずら)かと思って手紙に手を伸ばす。しかし──。

「なっ！」

手紙はレナルドの手をすり抜け、ヒラヒラと蝶のように飛び始めた。レナルドは立ち上がり、逃げる手紙を追いかける。

「このように、どこに置いてもヒラヒラと飛んでしまい、最終的に銀盆の上に落ちついたのです」

「クソ、なんだこれは！」

「魔法がかかっております」

「見れば分かる！」

追いつめて捕まえようと手を伸ばしても、ヒラリと回避される。むしゃくしゃしているところに、黒い影が前を通り過ぎた。

地面に着地した黒い生き物はリヒカルだった。手紙を前脚で押さえている。

『レナルドはどんくさいね』

「ち、違う！　こいつがすばしっこいだけだ！」

前脚に押さえつけられた手紙は、ジタバタと動いている。だが、リヒカルが何かボソボソと話しかけたら、ぱったりと動かなくなった。

「おい、叔父上。なんて言ったんだ？」

『これ以上暴れたら、燃やすよって』

「……」

叔父の過激な発言に鳥肌が立ちつつも、手紙を手に取る。

燃やす発言が効いたのか、ただの手紙にしか見えない。

宛名には、偽物領主レナルド・ウルフスタン殿へ、とあった。

差出人は、真なるウルフスタン伯爵家の当主、ジニー・ウルフスタンとあった。

「ジニー・ウルフスタン？　聞いたことがないな。リヒカルは？」

『僕もないよ』

いったい誰なのか。歴代のウルフスタン伯爵家は子沢山であった。レナルドの母は体が弱く、一人しか産めなかったが、父親は七人兄弟で、分家であるリヒカルの家も五人兄弟だ。

『遠縁の人？』

「だろうな」

盛大な溜息を吐いたあと、手紙を開封する。

また動きだしたら面倒なので、ペーパーナイフではなく、普通のナイフを使って手紙を開封した。中には一枚の便せんが入っている。

『ドキドキするねえ』

「嫌なドキドキだが……」

メレディスを見た時に高鳴る甘美な胸の鼓動とは、まったく違うものであった。もう一度、溜息を吐いたあと、便せんを開く。

「は？」

『え？』

手紙を見たレナルドとリヒカルは瞠目した。なぜかといえば、赤いインクで描かれた文字が蛇行したり、クルクルと回っていたりしたからだ。

『なんて礼儀がなってない上に、性格の悪い手紙なんだ』

「もしや、これは、血か？」

ところどころ黒ずんでおり、インクにしては安定していない色合いであった。

リヒカルは鼻先をすんすんと動かし、インクの匂いを嗅ぐ。

『血、だね』

「気持ち悪い」

そう言えば、便せんの文字はさらに素早く動き出した。目で追っていたら、だんだんと気持ち悪くなってくる。

リヒカルは手紙に顔を近付け、囁くように言った。

『言ったよね？　いい子にしていないと、燃やすって』

その言葉を聞いた便せんの文字は、ピタリと動きを止める。

『整列！』

リヒカルの命令に従い、便せんの線に従って並び始めた。

「信じられん手紙だ」

「魔法だからね」

本日三度目の、盛大な溜息を吐きながら、レナルドは手紙を読み始めた。

偽物伯爵　レナルド・ウルフスタン殿へ
拝啓　シカが森を元気に跳ね、雪が降り積もる時季となりましたが、いかがお過ごしでしたでしょうか？

その前に、初めましてと言わなければなりませんね。

どうもこんにちは。わたくしはウルフスタン伯爵家の真なる当主、ジニー・ウルフスタンと申します。

この度、相続権を主張したく、お手紙を認めさせていただいたわけです。

つべこべ言わずに、権利をわたくしに渡しなさい。

後日、お会いできたらなと思っています。それではまた。

ジニー・ウルフスタンより

「な、なんだこりゃ！」

『慇懃無礼という言葉そのままのような手紙だね。マナーとかもまったくなってないし。やっぱり燃やそう』

そうリヒカルが言った刹那、便せんは逃げようとする。だが、レナルドがしっかり握っていたので、逃走もままならなかった。

「こいつ、逃げるつもりか？」

『証拠品になるから燃やすのはだめだね。板に金槌で打ちつけようか』

「リヒカル……」

『何？』

「よく、次から次へと恐ろしいことを思いつくなと」

『これくらいで恐ろしいなんて、レナルドはお子様だね』

年下であるリヒカルにお子様と言われて、なんとも言えない気分となった。

そのあと、本当に手紙が逃げないよう、板に張り付け、釘で打った。

内容が読めないよう、文字はぐるぐると動き回っている。しかし、リヒカルがやって来て、『文字一つ一つ釘で打つよ』と脅したら、便せんの文字は綺麗に整列していた。

「しかし、いったいなんだってこんなことに……」

『ね～。もう誰？　って感じ』

相手は魔法使いであることをこれでもかと誇示している。警戒が必要だった。

『外からみたら、うちは儲かっているように見えるんだろうねえ』

「だろうな」

アルザスセスのワインは世界的にも有名だ。加えて、広大な土地も有している。湖を背に佇む魔法仕掛けの伯爵邸は立派な屋敷であった。

さぞかし、裕福な家であるように見えるが、実際はそうではない。

ワインは作り方にこだわりがあり、大量生産できない。人気だからといって価格を高くすることはしていない。昔からの値段で販売している。

森を開拓して、ブドウ畑を広げるということもしていなかった。

ウルフスタン伯爵家と村の者達は、豊かな暮らしを望んでいない。のんびりとしたアルザスセスの地で、自分達の身の丈に合った生活を愛していた。

領地に関しては、三分の二が森である。しかも、そこには魔物が生息していた。魔物から村を守るのは、自衛団『黒狼隊』。

黒狼隊は伯爵家が創立者だった。その管理費は結構な金額となっている。

何百年と昔の話になるが、この村は魔物に襲われ、壊滅しかけたこともあった。もしもの時のために、村人達も戦闘技術を身に付けている。その辺にも、予算を割いていた。

そんなわけで、入って来た収入は村に充てることも多々あるウルフスタン伯爵家は、贅沢な暮らしをしていない。貴族でありながら、慎ましい生活をしていた。

『そういうのを知らないって、ますますウルフスタン家の者なのか疑問に思うんだけど』

「十中八九、爵位狙いのよそ者だろう」

『だね』

ウルフスタン伯爵家の現状が分かる書類でも作って送り返そうかと思ったが、悲惨な財政情報を外に漏らすことになるので止めておく。

『レナルドがメレディスさんと結婚したら、ウハウハなんだけどね』

メレディスの実家は国内でも有数の資産家である。王都にあった屋敷も立派なものだった。

しかし、その発言にレナルドは顔を真っ赤にして怒った。

「わ、私は、財産目当てでメレディスを好ましく思ったのではない！」

『わかっているって～』

とりあえず、対策を話し合う。

『どうする？』

「う～む」

相手を招くのも、相手のもとに行くのも嫌だと思う。リヒカルも同様の意見だった。

『難しいね』

「ああ」

話し合った結果、相手の本拠地に行くほうが危険だという答えに落ちついた。魔法使いなので、何を仕掛けているかわからないからだ。

仕事を片付けたあと、暇があったら返事を書こう。レナルドは本日の予定を頭の中で組み立てながら考えていた。

◇◇◇

メレディスは朝から張り切って厨房に立っていた。というのも、本日村の婦人会に出席しなければならないので、そこに持って行く菓子を作ろうと張り切っていたのだ。

もちろん、薬草を使った菓子である。

「メレディスお嬢様、今日は何を作るんです？」

材料を見たネネが、興味津々とばかりに質問してくる。

「ローズヒップとベリージャムを使ったパウンドケーキでもと思いまして」

「へえ、珍しいですねえ」

　ローズヒップは美肌を生成、保持する栄養素が多く含まれており、体の内側から肌の調子を整えてくれる効果がある。

「なるほど」

「とても、おいしいですよ」

　メレディスもお気に入りの菓子であった。

　早速、調理に取りかかる。

　まず、小麦粉とふくらし粉を揮う。別のボウルに溶かしバターと砂糖を入れて、白っぽくなるまで混ぜた。これに、卵と蜂蜜を入れて混ぜ、ローズヒップティーを作って加える。

　最後に、小麦粉とベリージャムを入れて混ぜ合わせたら、生地が完成した。長方形の型に流して一時間ほど焼く。仕上げに酒を効かせたシロップを塗って乾燥させたら、三本のパウンドケーキが完成した。

「上手に焼けましたねえ」

「はい。少し、日を置いたらもっとしっとりするのですが」

「十日くらい置いていたら、それはもう、極上のパウンドケーキになるでしょう」

　今回は仕方がない話であった。なんせ、昨晩急に開催が決まったことを知らされたのだから。

　もっとも自信があるメレディスの手作り菓子がパウンドケーキだったので、作ったわけである。

「パウンドケーキって、おいしくなる日まで待てなくてねえ」

「あ、わかります！」

少しだけ、少しだけと端から削ぐようにして食べるのも、またおいしい。

「きっと、まだ食べてはいけないという背徳感が、禁断のスパイスになるんですよ」

「そうに違いない！」

一応、ネネと共に味見もする。

「うん！　おいしい。メレディスお嬢様、上手く焼けていますよ」

「良かったです」

生地はローズヒップの風味が効いており、シロップをたっぷり塗ったのが良かったのか、しっとりしていた。溶かしバターと、蜂蜜がほのかに香る、おいしいケーキだった。

味に問題はないと分かったので、二本のパウンドケーキを切り分けて箱に詰める。

「残りはどうぞ皆さんで」

「おや、いいんですかい？」

「はい」

「でしたら、旦那様にもおすそ分けしなきゃですねえ」

「え!?」

まさか、レナルドの口に入ることになるとは。想像もしていなかったので、メレディスは目を丸くする。

「大丈夫。このパウンドケーキは、きっと旦那様のお口にも合うはず」

「だったら、良いのですが」

とりあえず、パウンドケーキはネネにあげることにした。それから、メレディスは婦人会の準備を行う。

村の女性達ときちんと話をするのは初めてだったので、ドキドキしていた。上手く話せるだろうか、緊張している。

しかし、ここに来るまでにメレディスの社交性はぐっと上がっていた。無口なレナルドと接するうちに、いつの間にか喋ることに恐怖心を抱かなくなっていたのだ。

その辺は、感謝をしなければならない。

キャロルが胸にリボンが結ばれた生成り色のワンピースを用意してくれた。髪型は、三つ編みのおさげにする。

籠の中にパウンドケーキを入れていたら、甘い香りにつられてモコモコがやって来た。

「モコモコさんも一緒に行きますか？」

『キュイ〜〜〜』

妖精モコモコは相変わらず、人見知りをする模様。行かないと言うので、箱の中のパウンドケーキを一切れ分けてあげた。

『キュイ！』

食いしん坊のモコモコは、嬉しそうに手渡されたパウンドケーキを食べている。

「では、お留守番をよろしくお願いいたします」

『キュイ！』

メレディスは帽子を被り、キャロルと共に村の会議所まで向かった。

「あ、おねーちゃん、久しぶり」

「こんにちは。お久しぶりですね」

村に入ると、外で遊んでいた子ども達が明るく話しかけてくる。村人達も、ニコニコしながら挨拶をしてくれた。

改めて、長閑で素敵な村だと思う。

会議所へ向かうと、すでに村の女性達は集まっていた。

「こ、こんにちは」

「あらあら！」

「まあまあ！」

瞬く間に、メレディスは母親と同じくらいの女性達に取り囲まれてしまった。

「はじめまして、メレディス・ラトランドと申します」

「あなたが領主様のところのお客さんだね」

「とっても可愛いわ」

「どうぞ、そこに座ってくださいな」

メレディスは村の女性達に、優しく迎えられた。

年若い女性が王都から来ることはほとんどないようで、物珍しいのか次々と質問を受ける。

途中で茶が出てきたので、メレディスは持って来ていたパウンドケーキを渡した。

「あの、こちら、朝から作りまして、お口に合えばいいのですが……」

茶菓子は用意されていたが、干しブドウのみだった。甘い物好きな奥方達はメレディスの手土産を喜んで受け取り、食べ始める。

「あら、おいしい」

「なんだか、上品な味がするわ」

ここで、美肌効果のあるローズヒップが入っていることを説明する。奥方達は目を見張り、驚いていた。

「甘い物を食べて綺麗になるなんて」

「なんて素敵なお菓子なの？」

すべては、薬草の効果である。村長の奥方が、メレディスのパウンドケーキと今回の議題を絡めて話し始める。

「そうそう、今日は村の特産品を考えるための話し合いだったの。このパウンドケーキ、美肌菓子として売り出したら、人気が出そうね」

「今の領主様のお母君が、ローズヒップティーが大好きで作り始めたんだけど、売れ行きがどうにも微妙で……」

偶然にも、ローズヒップティーも村の特産であった。

「確かに、ローズヒップティーは味が薄いですし、紅茶特有の渋みもなくて、抽出にも時間がかかりますものね」

優雅に紅茶を楽しむ習慣がない村人は、手っ取り早くおいしい茶が飲める銘柄を選ぶ。

ローズヒップティーは、貴人のためにあるものといっても過言ではない。

「ベリージャムの代わりに、この干しブドウを入れてもいいかもしれないわ」

「あ、おいしそうですね」

干しブドウは村のワイン作りに使わなかったブドウを加工したものである。これも、村の特産品であった。

「小麦粉、バター、牛乳……村である食材で作れる、最高の特産品だわ」

「おいしい上に、綺麗になれる」

話は膨らんでいき、どんどんアイデアが募っていく。

メレディスはワクワクしながら、話し合いに耳を傾けていた。

「ああ、そうだ。大切なことを訊き忘れていたわ。メレディスさん」

「はい？」

村長の奥方に真面目な顔で名前を呼ばれ、メレディス自身も居住まいを正す。

「最初に訊くべきだったわ。このパウンドケーキのアイデアを、使ってもいいかしら？」

「はい、もちろんです。というか、採用していただけるなんて、嬉しいです」

パウンドケーキはメレディスの自信作である。それが、アルザスセスの名物になるかもしれないということは光栄なことであった。

「よかった。ありがとう」

「いえ……」

とりあえず婦人会で話し合ったことは後日、領主であるレナルドのもとに届くらしい。

「よかったわ。満場一致の商品が出てきて」

「メレディスさんに感謝ですね」

いつもはああではない、こうではないと三時間から五時間も話し合う。それだけ話しても決まらない日もあるとか。

「大変なんですね……」

「話が脱線する日もあるんだけれどね」

今までレナルドがこの婦人会に参加をしていたが、たいてい「ああ」とか「うむ」とかしか言わず、意見を出すことはなかったようだ。

「領主様は……なんていうか、照れ屋さんなのよ」

「そこが可愛いんだけどねえ」

次々と話しかけると、固まってしまうらしい。その時の表情があまりにも可愛いので、敢えてやってしまうこともあったと、皆口々に白状していた。

「これ、領主様には秘密ね？」

「メレディスさんも、試してみるといいわ」

「えと、はい。ご機会がありましたら……」

メレディスも女性陣のパワーに圧倒されていたが、レナルドの話を聞くのはとても楽しかった。時間はあっという間に過ぎていく。

「メレディスさん、今度、お茶会をしましょう。薬草のお話を、また聞きたいわ」

「はい、ぜひ」

アルザスセスの森には薬草が自生しているようで、皆、使い方を知りたがっていた。今度、使用方法を教えてくれと乞われる。

ここでは誰も、薬草を詳しいことに関して悪く思わない。それどころか、薬草の知識が役立つかもしれない環境にあった。メレディスにとって、これ以上ないくらいに嬉しいことである。

「では、ごきげんよう」

「ええ、また今度……貴族のお嬢様は、ごきげんようと言うのかしら？」

「あ、えっと、はい。そうですね」

いつもの癖でつい口にしてしまったが、ここでは「ごきげんよう」と言わないらしい。恥ずかしくなって、頬が熱くなる。

「すみません」

「いえいえ、いいのよ。上品じゃない。私も、これから使うわ。では、メレディスさん、ごきげんよう」

「ご、ごきげんよう」

こうして、村の奥方達と別れる。

キャロルと共に長閑な村の道を歩いていると、草原の向こうにポツンと白い影が見えた。

「あら、キャロルさん、あちらにあるのはなんでしょうか？」

「あれは――」

キャロルは目を眇め、確認する。

「あ、山羊の赤ちゃんです。いったい、どうしてここに？」

「群れからはぐれてしまったのでしょうか？」

今の時間はこの辺を歩いているはずはないという。

「あの、助けたほうがいいですか？」

「私が行きます。申し訳ありませんが山羊を牧場に届けますので、メレディスお嬢様は先にお帰りになっていただけますか？」

「もちろんです」

ウルフスタン伯爵家はもう目の前に見えている。一本道を進むばかりであった。

「では、キャロルさん。よろしくお願いいたします」

「はい、お任せを」

キャロルは草原と歩道を隔てる木の柵をひらりと飛び越える。美しい跳躍に、目を奪われた。

「わっ、すごい！」

メレディスが拍手をすると、キャロルは振り返り、会釈をする。そして、踵を返すと、まっすぐに仔山羊のほうへと駆けて行った。

迷うことなく仔山羊を抱え、牧場のあるほうへと進んで行く。

仔山羊が無事に保護されたことを確認したのちに、メレディスも家路に就く。

ウルフスタン伯爵家へ繋がる直線方向の道を歩いていると、木陰に人が倒れているのを発見した。

「あら、大変！」

メレディスは慌てて駆け寄る。

「あの、大丈夫ですか？」

「う……」

倒れていたのは、男性だった。背は低く、黒い外套の頭巾に覆われていて顔は見えない。声からして、若い男ではあったが、それ以上のことは分からなかった。

もぞりと動き、メレディスに向かって誰かと訊いてくる。

「私はメレディス・ラトランドと申します」

「メ、メレディス……?」

「はい」

小さな声で囁かれ、いったいどうしたものかと顔を近付ける。

男が口にしたことは、想定外のものだった。

「……は、腹が減った」

「まあ！」

具合が悪くて倒れていたわけではないらしい。しかし、倒れるほど空腹というのも危険であった。

「あの、よろしかったらこれを」

メレディスが差し出したのは、一切れのパウンドケーキ。モコモコにあげようと、ハンカチに包んで持っていたのだ。

男は起き上がると、無言でパウンドケーキを手に取り、バクバクと食べる。

頭巾がずれて、顔が露わになった。

落ちくぼんだ目に、ずんぐりとした鼻、分厚い唇と、童話に出てくるドワーフのような容姿をしていた。年頃は十八から二十くらいだろうか。予想どおり、若かった。

男はあっという間に、パウンドケーキを食べてしまう。

「もう、ないのかよ」

「すみません」

ウルフスタン伯爵家に行けば、食べ物がある。そう言えば、男の顔は強張った。

「お前……あの家の者なのか？」

「えっと、なんと言えばいいのか……」

「メイド？」

「まあ、それが、一番近いかなと」

自分で伯爵家の客と言うのもおこがましいことだった。よって、メイドであることにした。

差し出したメレディスの手を、男は取らないどころか叩き落とした。

「お、男に女が手を貸すなど、舐めているのか!?」

「え？　いえ、そういうわけでは」

「だったら、二度と、そんなことをするな！」

「すみません……」

メレディスはペコリと頭を下げる。これ以上相手を不快にさせるわけにはいかないので、男の前から去った。

その後、メレディスは無事に帰宅する。

「お帰りなさいませ、メレディスお嬢様」

「はい、ただいま帰りました」

元気がないことがバレたのか、ハワードが気遣うような視線を向けてくる。心配かけまいと、笑顔を返した。

「おや、そういえば、キャロルは?」

「途中で群れから逸れた仔山羊を発見しまして、助けるようにわたくしがお願いをしたのです」

「おや、そうでございましたか。しかし、平和な村とはいえ、いろんな者が出入りします。一人歩きは危険ですので、今日限りになさってくださいね」

「ええ、そうですね……」

途中で会った男のことを思い出し、メレディスは痛感してしまった。キャロルだったら、相手を不快にさせることなく、手を貸すことができたのだろう。その辺はまだまだ修行不足だった。

「本日の話し合いについて、旦那様がお訊きしたいとおっしゃっておりました。少しお休みになられてからになさいますか?」

「いえ、いつでも大丈夫です」

レナルドは今手が空いているとのことで、ネネを伴って書斎へと向かう。

重厚な扉の前に辿り着くと、戸を叩いて声をかける。

「レナルド様、メレディスです」

「入れ」

レナルドが入室を許可すると、ギイという重たい音を立てながら扉が自動で開いた。入る前にメレディスは会釈をする。レナルドは長椅子に腰かけ、本を読んでいた。

「お休みのところ、失礼いたします」

「気にするな」

目の前に座るように言われ、腰かける。すぐに、ハワードが茶と菓子を持って来た。

「あっ……」

白磁の皿にちょこんと置かれているのは、メレディスが焼いたローズヒップのパウンドケーキ。今から、目の前でレナルドが食べるようなので、照れてしまう。

「どうした？」

「あ、いえ……」

ぶんぶんと首を横に振る。自分が作ったなどと、恥ずかしくて言えるわけもなかった。

パウンドケーキと共に出てきたのは、メレディスも大好きなミルクティー。手に取って冷えきった指先を温めたあと、一口飲む。コクのある優しい甘さが、口の中に広がった。ハワードの淹れたミルクティーは、世界一おいしかった。ささくれた心も癒される。

レナルドはメレディスの作ったパウンドケーキを食べ始めた。

「ん……？」

レナルドが声を上げた瞬間、メレディスはビクリと体が震えそうになる。口に合わなかったのか。緊張で手先が震える。レナルドがティーカップとソーサーをテーブルにそっと置いた。

「ネネ」

「なんでしょう？」

レナルドはメレディスの背後に佇むネネに声をかけた。

「今日のパウンドケーキ、いつもよりうまいな」

「失礼ですねえ。いつも、おいしくないみたいじゃないですか」

「違う。いつものもうまいが、これはさらにうまいと言っているだけだ」

その言葉を聞いた瞬間、メレディスの胸は早鐘を打った。レナルドはメレディスの作ったパウンドケーキをおいしいと言ってくれた。嬉しくなって、緩んだ口元を両手で隠す。

「それを作ったのは私じゃありません。メレディスお嬢様ですよ」

「そう、だったのか？」

レナルドに問われ、メレディスは微かに頷く。

「なるほど。お前は、お菓子作りが上手なんだな」

「お褒め戴き、光栄です」

ローズヒップのパウンドケーキはレナルドにも好評だった。ホッと、胸を撫で下ろす。

ここで、先ほどの婦人会についてメレディスは話し始めた。

「なるほど。美肌のパウンドケーキか。これは日持ちもするし、いいかもしれない。前向きに検討しておこう」

「ありがとうございます」

報告を終え、安堵の息を吐く。なんとか、村の婦人会に出席するという大任を果たすことができた。

「婦人会はどうだったか?」

「皆様に親切にしていただけて……」

「そうか」

村の女性達は明るく、パワフルであった。メレディスも見習いたいと思う。ここで長く暮らしたらああいう風になれるのか——と、ここまで考えて、気分が落ち込む。

メレディスはアルザスセスの者ではない。あくまで、花嫁修業という名目でいるだけだ。

ずっと、この地に住みたいと思うのは迷惑だろうか?

こんなことなど、訊けるわけもない。

「どうした？」

「いえ」

軽く頭を振って、別の話題を振る。

「あの、アルザスセスの干しブドウもいただいたのですが、とてもおいしかったです」

「そうか。私は食べ過ぎて、少し飽き飽きしているが」

干しブドウのアレンジを訊かれ、王都で流行っていたチョコレートがけはどうかと提案してみる。

「干しブドウとチョコレートは合うのか？」

「はい。お酒と一緒に食べるとおいしいそうですよ」

「なるほど。ネネ、聞いたか？」

「はいはい。お作りしておきますよ」

終始穏やかな雰囲気のまま、時間は過ぎていった。

「他に何かあったか？」

「あ――」

その言葉を聞いて思い浮かんだのは、ウルフスタン伯爵邸の通り道で倒れ込んでいた青年の姿。

メレディスの対応が悪かったばかりに、怒らせてしまった。

「何かあったのか？」

「えっと……」

大丈夫かと心配になったが、相手は小さな子どもではなく大人だ。食べ物くらい、自分でどうにかするだろう。そう思って、報告はしないでおく。代わりに、迷子の仔山羊を発見したことを伝えた。

「また、あいつは逸れていたのか」

好奇心旺盛な仔山羊がいるようで、レナルドも何度か群れに戻したことがあるらしい。

「仔山羊といっても生後半年経っているから、そこそこ育っているのだが……」

それを、キャロルは軽々と持ち上げていた。やはり、アルザスセスの女性は逞しいなと、メレディスは思う。

「王都とは違うから、驚かなかったか？」

「いえ、なかなか愉快だなと、思いました」

「そうか」

レナルドは穏やかな顔で微笑む。不意打ちの笑顔に、メレディスは顔を真っ赤にしてしまった。

◇◇◇

陽が沈み、夜となる。

今日は、レナはやって来ない。静かな晩だった。

窓の外を見ると、星が瞬くばかりで、月は浮かんでいない。今宵は新月だった。

どうしてか、メレディスの胸がざわつく。悪いことが起きる前兆のように思えてならなかった。

何か、温かいものでも飲んだら落ち着くだろうか？

もう、夜も遅い。使用人は休んでいるだろう。

「モコモコさん？」

『キュイ！』

メレディスは枕元に転がっていたモコモコにドレスを作ってくれるように願う。返事をしたあと、目の前に魔法陣が浮かび上がり、ケープの付いたドレス姿となった。

メレディスは部屋にあったブドウジュースの瓶を手にした状態で部屋を抜け出し、厨房を目指す。

廊下は灯りが消され、暗かったが――パッと明るくなる。壁に刻まれている呪文が光ったのだ。

「まあ……」

蠟燭(ろうそく)の明かりとは違い、ほのかに床を照らしていた。なんとも幻想的な光景である。

魔法のお屋敷は、いつでもメレディスをドキドキワクワクさせていた。

レナルドの私室の前を通ると、灯りが漏(も)れていることに気付く。メレディスと同じく、彼もまた眠れぬ夜を過ごしているようだった。

通り過ぎようとしたその刹那(せつな)、扉がギイという音を立てて自動的に開く。

「ひゃっ！」

メレディスは驚き、声を上げてしまった。

「どうした？」

すぐに、レナルドが部屋から顔を覗(のぞ)かせる。

「あ、レナルド様……」

ブドウジュースを胸に抱きながら、レナルドを見上げる。

ボタンが二個空いたシャツにズボンという姿にドキリとした。普段見ることのできない、寛(くつろ)いだ恰好(かっこう)だった。なんだか見てはいけないような気がして、目を逸(そ)らす。

しどろもどろな口調で、温かいものが飲みたくなったのだと告げた。

「もう、ネネは休んでいるだろう。火も消されているはずだ」

「え、ええ」

はしたない行動をしてしまったのかと、メレディスは頬(ほお)を赤らめる。恥ずかしくて、今すぐ走り出したい気持ちになったが、ぐっと堪(こら)えた。取り付く島もなかったが、淑女(しゅくじょ)らしく去らなければ。そう思っていた折に、想定外の提案をされてしまう。

「私の部屋に鍋(なべ)がある。温めてやろう」

「え!?」

するりと、腕の中にあったブドウジュースの瓶はレナルドの手に渡った。

部屋の中へと消えゆく後ろ姿を見送っていたが、寒いから中に入るように言われる。

「お、お邪魔いたします」

未婚女性が、侍女(じじょ)を伴(ともな)わずに男性の部屋に入ることは禁じられている。

今日は、妖精モコモコがいるので良いことにすると、己に言い聞かせた。

レナルドの私室は、メレディスの背丈ほどの大きな窓に、黒のラウンジチェアと金の脚が付いた円卓がある。天井からは水晶のシャンデリアが吊り下がっていて、部屋を明るく照らしていた。

大理石で作られたマントルピースの暖炉には鍋が吊るされており、レナルドがブドウジュースを注いでいるところである。

伯爵自らさせてしまったと気付き慌てて駆け寄ったが、作業が終わったあとだった。

レナルドは暖炉から少し離れたところにある棚（たな）を開き、メレディスを手招く。

「何を入れるか？」

棚の中を覗き込むと、乾燥レモンにオレンジ、ジンジャー、シナモンスティックにクローブ、ローリエなど、さまざまな乾物や香辛料（こうしんりょう）が瓶に入れて置かれていた。

「まあ、素敵！」

目を輝かせながら言うと、レナルドは棚の抽斗（ひきだし）を引いた。そこには、クッキーにチョコレート、飴（あめ）にマシュマロとさまざまな菓子が入っていた。

「夢のような棚ですね」

レナルドの顔を見上げると、目を丸くしていた。

メレディスはハッとなる。まるで童話に出てきそうな夢のある棚であったが、いささか興奮し過ぎてしまったと。まったく、淑女らしくなかった。

「す、すみません、わたくしったら、子どもみたいにはしゃいでしまって」

「いや、こんなに喜ぶとは思わなかったから……」

夜、酒と共に菓子やつまみを食べながらゆっくりと過ごすのは、レナルドの楽しみのようだ。棚にある乾物はアルザスセス産。香辛料や菓子なども、商人が持って来た物を厳選して買い集めていたらしい。

「家族以外に見せるのは初めてで、変に思われるかもしれないと思っていたが――」

「いいえ、そんなことありません。素敵なご趣味だと思います」

「そうか、よかった」

レナルドは安心したように微笑む。その表情は、十九歳の青年らしい笑顔だった。

ここで、ブドウジュースが沸騰するような音が聞こえた。

「早く決めないとですね」

「ああ」

なんでも選んでいいと言うので、メレディスは乾燥レモンにジンジャー、シナモンスティックを選んだ。

「そんなに入れるのか？」

「はい。おいしいですよ」

瓶を手に取って、ぐつぐつと音を立てている鍋に入れた。

風味が飛んでしまうので、すぐに鍋は机の上に運ばれる。熱いからと、レナルドがカップに注いでくれた。

「ほら、飲め」

「ありがとうございます」

ラウンジチェアに座り、カップを手に取る。息を吹きかけて冷ますのは礼儀違反であるが、あまりにもアツアツだったために、メレディスはレナルドに訊いてみる。

「すみません、ふうふうと冷ましてから飲んでもいいですか？」

「ああ、好きにしろ」

許可を得たので、メレディスはカップに息を吹きかける。

ふうふう、ふうふうと冷ますが、湯気はモクモクと漂っていた。

ここで、前方からの視線に気付く。レナルドが、じっとメレディスを見ていたのだ。

目が合うと、すぐに逸らされる。恥ずかしくなったメレディスは話しかけた。

「あの、伯爵様はお飲みにならないのですか？」

鍋にはあと二杯分ほどのブドウジュースがあった。

「これはお前のだろう？」

「いえ、一杯戴いたら十分なので」

「だったら、貰おうか」

レナルドも自身のカップにブドウジュースを注ぐ。モクモクと湯気が立ち上っていたが、冷ますに口を付けていた。

「……熱っ！」

平気なのかと思ったが、やはり熱かったようだ。

「大丈夫ですか？」

「ああ」

火傷はしていなかったようなので、ホッとする。

「ふうふう冷ますといいですよ」

「……うむ」

メレディスの助言通り、レナルドは湯気が上がるブドウジュースに息を吹きかける。そのあと、飲んでいた。

「これは――うまい！」

乾燥レモンとジンジャー、シナモン入りのブドウジュースをレナルドは気に入った模様。

「いつもはシナモンスティックだけ入れるのだが、レモンのさっぱり感と、ジンジャーのピリッとした風味が実に良い」

「良かったです」

レモンは体に良い。皮にも栄養素が多く含まれているのだが、乾燥させると苦味やえぐみが少なくなる。ジンジャーは辛み成分が血行を促進させ、体を温める効果がある。乾燥させることによって、成分が凝縮されるので、より効果が増すのだ。

効果効能を語り倒したあとで、メレディスはハッとなった。いつも父親に話がくどいと言われていたのを、すっかり忘れていた。

レナルドは迷惑そうにしているのではと、恐る恐る顔を見たが――。

「なるほど。おいしい上に、健康にも良いのか。次からブドウジュースを飲む時は、これらを入れることにしよう」

「あ、はい、ぜひ……」

レナルドは真面目な表情で頷きながら話していた。メレディスは顔が熱くなって俯く。

このように、真剣に話を聞いてもらうことはとても嬉しいことだ。喜びと、羞恥が同時にこみ上げてくる。

同時に気付く。メレディスはレナルドのことが好きなのだと。

彼女にとって初めての恋である。

それは春の風に似た、ほんのり暖かくて、花の香りを多く含んだ甘酸っぱいもののようだとメレディスは思った。


その後、暖炉の前でしゃがみ込み、串に刺したマシュマロを火で炙る。

トロトロに溶けそうなマシュマロは、ビスケットに挟んで食べるのだ。もちろん、メレディスにとって未知の食べものである。

レナルドに手渡され、どういう風に食べて良いのか迷ったが、漂う甘い匂いには抗えない。

「それは暖炉の前で齧り付くのが正解だ」

「で、ですよね」

レナルドの後押しもあったので、そのままかぶりつく。

サクッとしたビスケットの中から、トロトロのマシュマロがはみ出てきた。優しい甘さが口の中いっぱいに広がる。

「どうだ？」

「すっごくおいしいです！」

初めて食べるマシュマロのビスケットサンドは、驚くほどおいしかった。こんな時間に甘い物を食べると確実に太りそうであったが、それでもいいと思うくらい魅惑的な食べ物である。

『キュウ……』

「ん？」

レナルドは眉間に皺を寄せる。どこからか、犬や猫の鳴き声のようなものが聞こえたのだ。

「今、何か聞こえなかったか？」

「あ、恐らく、モコモコさんです」

「モコモコ？」

「その、妖精の」

「ああ」

メレディスは妖精モコモコの紹介をする。

「モコモコさんは、その、甘い物が大好物で」

「そうなのか」

レナルドは手にしていたビスケットを差し出した。

「ほら」

『キュイ！』

モコモコは喜びの声を上げたが、同時に、メレディスのスカートがふわりと膨らんだ。危うく捲れそうになり、押さえ込む。

「わ、モコモコさん。お、お部屋で食べましょう」

『キュイ？』

顔を真っ赤にしながら、首を傾げるレナルドに説明した。モコモコは現在メレディスのドレスになっているので、食べることができないと。

「そうか。だったら、部屋まで送ろう」

「ありがとうございます。あ、お部屋の片付けは……」

「明日の朝、イワンがするから気にするな」

「はい、では、お言葉に甘えて……」

レナルドは紳士で、メレディスを部屋まで送り届けてくれた。

部屋の扉を閉める前に、頭を下げる。

「あの、今晩はとても楽しかったです。ありがとうございました」

その言葉に、レナルドは淡い微笑みを浮かべる。メレディスは高鳴る胸を抑えながら、別れることになった。

　翌日。レナルドは早朝から上機嫌だった。朝食前にリヒカルを呼び出し、昨日のメレディスとの夜のお茶会を語って聞かせる。

「昨晩は新月な上に、本当に良い夜だった……」

『はいはい、良かったですね～』

　メレディスと過ごす夜は楽しく、意外な一面を見ることもできた。

「メレディスは私の趣味を、素敵だと言ってくれた」

『本当、奇跡のような女性（ひと）だよね。アルザスセスで楽しそうにのびのび暮らす上に、狼の姿のレナルドを本物の精霊のように崇（あが）めるなんて』

「そうだろう？」

『いいねえ、羨（うらや）ましいよ』

「彼女は運命の女性（ひと）だったんだ」

　普段、忙しくしているレナルドには、これといった趣味はない。紳士の嗜（たしな）みである狩猟は仕事のうちの一つで葉巻煙草（たばこ）も、チェスも、美術品の蒐集（しゅうしゅう）にも興味を示さなかった。

狼の姿にならない新月の晩に菓子やつまみを食べながら、普段は嗜まない酒をちびちびと飲むことが唯一の楽しみである。黒塗りの棚には厳選された香辛料や菓子が集められていた。自慢の棚であった。

『早く求婚しないと、掻っ攫われてしまうよ』

「うむ。しかし……メレディスは私を受け入れてくれるだろうか？」

『なんだったら、狼の姿で求婚しちゃいなよ』

「それは嫌だ。メレディスは狼の姿の私を、大精霊として崇めている。そんな存在から求婚されたら、断れないだろう」

レナルドは人間の姿で、正々堂々と求婚することを決意表明した。

『いつするの？』

「ま、まず、メレディスの父君に許可を貰って」

『まあ、基本だよね』

貴族間の結婚は本人同士の意思ではなく、当主の判断で行う。本人同士がいくら好き合っていても、どうにもならないことがあるのだ。

「父君の許可が出たら、デートに誘って、贈り物をして、四季を通してアルザスセスの良さを知ってもらい、狼精霊の話をしたあと——」

『長い!!』

メレディスの実家、ラトランド子爵家は国内でも有数の資産家である。関係を持ちたい貧乏貴族はごまんと存在するだろう。

『とりあえず、年代物のワインと共に、ラトランド子爵に改めてメレディスさんと結婚したいですって書いた手紙を送っておくんだ』

「し、しかし、まだ、メレディスには何も言っていないのに……」

『おままごとじゃないんだから、貴族の結婚は当主同士で決めるものだって、レナルドも分かっているでしょう?』

「う、うむ」

『それに、メレディスさんだって、なんとも思っていない男のもとに世話にならないだろう?』

「そ、そうだろうか?」

『そういうものなの!』

このようなリヒカルからの後押しもあったので、レナルドは改めてラトランド子爵に、メレディスと結婚させてもらえないかと手紙を書いた。もちろん、極上（ごくじょう）のワインを一緒に送ることも忘れない。

この日から、メレディスがレナルドのために菓子を焼いてくれるようになった。

本日は、フェンネルを入れたスコーンを作ったようだ。

のだと話す。

「フェンネルは目の疲れや痛みを鎮める効果があるんです」

朝、レナルドの目が赤かったので、心配したメレディスはフェンネルを使って菓子を作った

「確かに、少し目が疲れていたのかもしれん」

昨晩は興奮していて眠れなかった上に、朝食前にメレディスの父親に送る手紙を書いていたので、目を酷使していたのだ。

メレディスはナイフでスコーンを半分に割り、クロテッドクリームをたっぷりと盛る。その上に、ブルーベリージャムを垂らした。それを、レナルドに差し出す。

「レナルド様、どうぞ」

「うむ、感謝する」

落ち着いた態度でスコーンを受け取りながらも、内心はメレディスがスコーンにクリームを塗ってくれて嬉しいと、はしゃいでいた。

飲み物はミルクコーヒー。しかし、匂いがいつもと違った。

「メレディス、これは？」

「たんぽぽのミルクコーヒーです」

村の草原に生えるたんぽぽの葉をローストして作った茶葉らしい。

「たんぽぽの葉にはリラックス効果があるのですよ」

「ふうむ、なるほど」

　そのままではほとんど味がしないので、ミルクと蜂蜜を混ぜてミルクコーヒーにしたようだ。

「たんぽぽの根はコーヒーになるのです。ノンカフェインなので、健康にも良いんですよ。レナルド様は、紅茶とコーヒー、どちらが好きですか？」

「私は――どちらも好きだ」

　しかし、メレディスはもっと好き。そんな言葉が脳裏を過り、何を考えているのだと、ぶんぶんと首を振る。

「レナルド様？」

「な、なんでもない」

　メレディスは嬉しそうに、アルザスセスに自生している薬草について語っていた。

　なんでも、家畜を放牧している草原は、薬草の宝庫らしい。毎日、キャロルを伴って、採取をしているとか。

「土の違いなんでしょうか？　それとも妖精さんのご加護か。庭に植えた薬草も育ちが良くて」

　メレディスは毎日庭に出て、種から育てた薬草の世話をせっせと行っている。それだけではなく、村に赴き、村人の相談にも乗っていた。

「この前、村長にも感謝をされた」

「あ……はい。その、薬草の民間療法をお伝えしているだけですが……」

薬草で作る腰痛に効く温湿布や、肌に潤いを与える入浴剤、抗菌力のあるうがい薬など、メレディスはさまざまな薬草の活用法を村人達に伝授していた。

「村長も、腰の痛みが薄くなったと、喜んでいた」

「それは、よかったです」

メレディスは薬草令嬢として、アルザスセスの地で大活躍をしていた。

今日も、村の女性陣とポプリ作りをするらしい。そろそろ準備をすると言って、メレディスと別れることに。

「今日は天気が悪い。なるべく早く帰って来い」

「はい、分かりました」

メレディスは笑顔で出かけて行った。

レナルドは執務室で書類の整理をしていた。

数時間たち、時刻が夕方に差しかかった頃、ハワードが伯爵家に届いた手紙を持って来る。

「あの、旦那様(だんなさま)……」

「それは――」

銀盆の上にあるのは、真っ赤なインクで書かれたレナルドの名であった。

「ジニー・ウルフスタン様からです。今回は、その、魔法などかかっていないようでした」

「そうか……」

レナルドは手紙を手に取り、開封した。便せんには、一言だけ書かれている。

――**オマエノ、大切ナモノハモラッタ**
「これは――!!」

レナルドは立ち上がる。背後の窓を振り返った途端、稲光が見えた。ドン！　と、大きな音を立てて雷が落ちる。

庭の物置小屋に落ちたようで、火と煙が上がっていた。

「旦那様！」

「火を消しに行くぞ！」

井戸から水を汲み、小屋の火にかける。幸い、ボヤ程度だった。ホッとしたのも束の間、バケツをひっくり返したような大雨が降ってくる。

風も強くなり、瞬く間に横殴りの雨となった。

「メレディスは戻っているのか？」

「いえ、それがまだ……」

「迎えに行く」

メレディスは村の会議所で女性達とポプリ作りをしている。つい、話が盛り上がって、帰りが遅くなってしまったのだろう。

一度家に戻り、剣を佩(は)いて外套(がいとう)を着込む。イワンは馬を用意していた。

先ほどから、胸騒ぎが治まらなかった。

『キュウ、キュ〰〰』

ポンポンと飛んできた手のひら大のフワフワとした白い物体は、メレディスと契約をしている妖精モコモコ。

臆病な性格で今まで一度も姿を現さなかったのに、レナルドのもとへとやって来た。

「どうした?」

『キュウ、キュウ!』

何を言っているのか、まったくわからない。

「おい、リヒカル」

『ごめん。僕も分かんないや。でも、もしかしたら、メレディスさんに何かあったのかもしれない』

リヒカルの言葉を聞いて、ドクンと胸が跳ねる。

——オマエノ、大切ナモノハモラッタ

ジニー・ウルフスタンからの手紙を思い出すと、胸の不安がひと際大きくなった。

『キュイ、キュイ！』

「一緒に行きたいのか？」

『キュイ！』

手を差し伸べると、モコモコはレナルドの手のひらに乗る。雨に濡れるといけないので、懐の中に入れた。

「リヒカル。すまない。もしも、私が帰ってこなかった時は――」

『大丈夫だって。レナルドは心配性だな。悪いことを考えたら、そのとおりになってしまうからね』

「ああ、そうだな」

あとは任せると言い残し、レナルドは馬に跨って村を目指す。

雨と風は先ほどよりも強くなっていた。

「モコモコ殿、大丈夫か？」

『キュ～イ！』

問題ないと言わんばかりの、キリッとした返事があった。なかなか逞しい相棒である。

馬を飛ばしたら、五分ほどで会議所に辿り着いた。

ドアノブに手をかけようとしたのと同時に、焦った表情のキャロルが出て来る。

「――キャロル？」

「旦那様！　メレディスお嬢様は屋敷にお帰りになりましたか？」

キャロルの言葉を聞いて、胸から胃にかけてスウッと冷たい何かが広がっていくのが分かった。

いつもは冷静なキャロルが狼狽（ろうばい）している。どうやら、ここにメレディスはいないようだった。

「キャロル、落ち着け。いったい、どうしたというのだ？」

「と、突然、目の前でメレディスお嬢様が消えてしまったのです」

会議所の内部を見せてもらう。

中には、キャロル同様、狼狽（うろた）える女性陣の姿があった。

「領主様！」

「あの、メレディスさんが」

「ああ、分かっている」

突然姿を消したというのは、誰かが魔法を使ったのだろう。基本的な魔法に関する知識を持っているレナルドは、すぐに勘付く。会議所のメレディスがいた辺りに、魔除（まよ）けとして置いていた聖水を振りかける。すると、魔法陣の跡が浮かんできた。

「旦那様、これは――」

「転移魔法だろう」

魔法陣には古代語で転移の呪文が刻まれていた。術者の名は、ジニーとある。

レナルドは奥歯を噛みしめる。やはり、手紙にあった「大切なもの」とは、メレディスのことだったのだ。

全身が燃えるような、怒りを感じた。メレディスを誘拐するなんて、絶対に許さない。

ウルフスタン伯爵家に身代金の要求などは届いていなかった。よって、誘拐犯であるジニーは、レナルドへの嫌がらせを目的として拐かした可能性がある。

一通目の手紙を受け取ったあとすべての系譜を辿ったが、ジニーという青年はいなかった。血縁関係にないよそ者が、メレディスを誘拐したのだ。

ミシリと、骨が軋んでいくのを感じた。狼化の前兆である。まだ夜ではなかったが、荒ぶる感情が魔力を高めているのだ。そういうこともあると、父親から聞いたことがあった。

変化の瞬間を村人に見られるわけにはいかない。すぐさま、レナルドは叫ぶ。

「この件は、任せろ……！　メレディスは、私が、必ず助ける。だから皆、家に帰っておけ」

レナルドはキャロルを見た。すぐさま、察したキャロルは奥方達の背を押し、会議所から追い出した。

一人きりになった瞬間、狼化が始まる。全身に毛が生えてシャツの上着とシャツのボタンが飛び、歯が鋭く尖って、鼻先が伸びる。

『キュイ、キュ～イ！』

レナルドの懐に隠れていたモコモコが、脱出した。テーブルの上に着地する。

耳が立ち、二足でいることがいられずに、床に四つん這いになった。

破れた服が弾け、レナルドは大きな狼の姿となる。

モコモコは狼がレナルドであると分かるからか、怖がらずに頭の上に跳び乗った。

『キュイ、キュイ』

『ああ、そうだな。早く、メレディスを助けよう』

テーブルの上にメレディスの白い手袋が残っていた。その匂いを、クンクンと嗅ぐ。

甘い匂いと、薬草の匂い。いつもの、メレディスの匂いであった。

その匂いに、魔力を通す。すると、赤い糸のような筋が見えるようになった。この先に、メレディスがいる。

レナルドは一度、遠吠えをした。そのあとすぐに外へと飛び出す。

メレディスを助けるため、モコモコと共に嵐と言ってもいい荒れた天気の中を駆けて行った。

◇◇◇

メレディスは生臭い油の臭いで目を覚ます。周囲は薄暗く、ほとんど何も見えない。部屋の隅に置かれた角灯は、辺りをほのかに照らすばかりであった。

身じろぐと、ツキリと手の甲から痛みを感じる。どうやら、どこかで怪我をしたようだ。ひっかき傷のようで、血はすでに固まっていた。いつ、怪我をしたのか。覚えはない。

その上、手足は縛られていて、動けなかった。口には布が巻かれ、薄暗く、目に捉えられるものはない。

どうにか起き上がろうと頑張ったが、手足が動かない状態ではどうにもならなかった。床に倒れた姿勢のまま、深い溜息を吐く。

嗅覚から情報を嗅ぎ取ろうと、もう一度息を吸った。

生臭い油の臭いは魚油。魚の油から作られる、燃料の一種である。安価であるが、魚臭く、火が暗いのが難点だった。

魚油が使われているということは、ここはウルフスタン伯爵家ではない。

貴族が魚油を使っていることは、ありえないことである。

だんだんと、闇に目が慣れてくる。そこは、物置小屋のような場所であった。

魚油の臭いになれると、埃臭さも感じる。普段、誰も使っていない場所なのだろう。

周囲にあるのは倒れた椅子に、無造作に置かれた麻袋、釘や金槌などの中身が散らばった道具箱。抜き身のナイフが見えた時は、嫌な感じにドクリと胸が鼓動を打つ。

ぼんやりしていたが、ハッと我に返ることができた。メレディスは、誘拐されていた。

物置小屋は木造で、古びている。床はかび臭かった。外は嵐のようで、窓枠がガタガタと揺れ、風と雨が激しい音をたててガラスに打ち付けている。

いったい誰が……？

考えるが、分からない。

ラトランド子爵家にはそこそこ資産がある。それが目当てなのか。

父親が、身代金を出すなど考えられなかった。普段、優しそうにしているが、誰よりも厳しい人なのをメレディスは知っている。

ああ、と、声が漏れた。貴族の役割から目を逸らし、美しいアルザスセスの地で楽しく暮らしていたから、罰が当たってしまったのだと。

ウルフスタン伯爵家で過ごす毎日は、メレディスにとって充実していた。

気高き狼の大精霊のレナに優しい使用人一家、不思議な魔法の屋敷、見事な庭園を世話する妖精に、人懐っこい犬リヒカル。妖精モコモコは可愛らしく、薬草の知識を頼ってくれる村人達。薬草が自生する草原は宝庫のよう。それから、ぶっきらぼうだけど、優しいウルフスタン伯爵家の当主レナルド。

それらを、メレディスは心から愛してやまなかった。

これから先もここで暮らしたい。何か、役に立てる役職はないか。そんなことを考えていた時のこの誘拐事件である。

メレディスは肌寒い物置小屋で、体を縮める。

眠ってしまおう。さすれば、嫌なことも考えずに済む。そう思っていたら、バン！　と物置小屋の扉が開いた。

もちろん、誰かが助けに来たなんて思わない。誘拐した者だろう。

開かれた扉の向こうからは、煌々と輝く灯りが差し込まれた。あまりの眩しさに、メレディスは目を眇める。

シルエットは男性のようだ。背はそこまで高くないが、足が大きく、がに股だった。

足元以外の全身を覆う外套を纏っている。その姿に、メレディスは覚えがある。その人物は伯爵邸に続く並木道で、空腹状態で倒れていた男だった。

何か話しかけようとしたが、口元は布で覆われているので、喋れない。

すると、男が近付き、乱暴な手つきで布が取り払われる。

「あ、あなたは――」

「メレディス・ラトランド。お前の血を魔法解析器で調べた結果、処女であることが分かった」

「え？」

「よって、俺の妻として迎えることに決めた。喜べ。未来のウルフスタン伯爵夫人だぞ。……もしも、レナルド・ウルフスタンに手だしされていたら、井戸に放り込む予定だったが」

彼は何を言っているのか。話すことの一つも理解できなかった。

「あの、魔法解析器、とは？」

「なんだ、知らんのか。魔法解析器とは、血を媒介にしてその者の性格、特技、家族構成、貞操(そう)などを調べることができる魔道具だ。かつて、疑い深い魔法使いが、妻となる女の情報を得るために開発された。古(いにしえ)の時代に作られたガラクタが、こうも役立つとはな！」

メレディスの血は手から採取されたと言われる。ここで、手の甲にあった引っ掻(か)き傷のようなものは、人為的に付けられたものであったのだと発覚する。

調査だと言ってなんとも思わずに他人を傷つける男の感覚に、メレディスはゾッとしていた。

続いて、二個目の質問を投げかける。

「妻、というのは？」

「俺がお前を妻にするという意味だ。そんなこともわからないのか。頭が悪いな」

男の言葉に、メレディスは落ち込む。かつて、父にも理解力がないと怒られたことがあった。身に覚えがあったので、言い返す言葉はない。

「頭は悪いが、お前は大人しく、従順だ。だから、妻にしてやる」

メレディスは唇を噛みしめる。

好きでもない、まして父親の選んだ相手でもない男となぜ結婚しなければならないのか。結婚したいと思う相手なのに、こうして手足を縛ることも、おかしいのではないかと思った。

「なんだ？　反抗的な目をしているな？」

「なぜ、このように拘束(こうそく)を？」

「逃げないためだ。どんなのろまでも、自由にさせていたら、何をしでかすか分からないから

な」

　男の強い言葉に、メレディスは傷ついていた。瞼が熱くなり、ポロポロと涙を零す。

「な、何を泣いているのだ⁉　お前は、ウルフスタン伯爵家の妻となれるのだぞ？」

「なぜ、あなたが、伯爵？」

「うるさい‼　この俺が、正統なウルフスタン伯爵家の長子なのだ。レナルド・ウルフスタンは、前伯爵の二番目の子だ‼」

「どう、して……？」

「かつて、侍女をしていたうちのアバズレの母が、前伯爵と不貞をして、俺が産まれた。だから、ウルフスタン伯爵家は長男である俺のものなんだ‼」

　窓の外がカッと光り、ドン！　と大きな音を立てて雷が落ちる。まるで、男の怒りが具現化したようだった。

　メレディスはこれ以上の追及を危険だと思う。ぎゅっと唇を噛みしめ、恐怖心を押し隠す。

「いいか。今からウルフスタン伯爵家に手紙を送る。レナルド・ウルフスタンが来たら、お前は大人しくしておけ。余計なことは言うなよ？」

　メレディスは涙目で頷いた。その後、男は部屋から出て行く。

　一人になった途端、涙が頬を伝う。ポタリ、ポタリと滴っていき、床を濡らしていた。

　男の高圧的な態度を思い出したら、さらに泣けてくる。

こうして捕えられている理由は、恐らくレナルドへの人質的な意味合いがあるのだろう。これから迷惑をかけてしまうのではと、メレディスの心に不安がじわじわと広がり苦しくなる。

泣いている場合ではなかった。自分には何ができるのか、考える。

ここは監房ではないので、脱出できそうな窓はある。見張りもおらず、完全な監禁状態ではない。手足の拘束がなければ、抜け出せる状態にあった。

まずは手足の拘束をどうにかしなくては。メレディスは道具箱のあるほうを見る。

周囲に散らばっているのは、金槌に釘、錐、それから――糸鋸。

縄が切れそうな、糸鋸が置いてあった。メレディスの表情はパッと明るくなる。

糸鋸のある場所まで、一メートルほど。なるべく音を立てないように、床を転がって移動した。

糸鋸の近くに来られたのは良いが、手首を縄で縛られているので、手に取ることはできても、使うことは難しい。一応、手に取ってみる。持ち手が鉄で、どっしりと重たい。当然ながら、縄に当てることは難しかった。

どうにか使う方法はないのか。メレディスは周囲を見渡す。目が薄暗さに慣れたのか、先ほどよりもずっと見えるようになった。

と、ここで、あるものを発見する。それは、床に空いた大きなヒビだった。

そこは、ちょうど糸鋸の持ち手の大きさくらいである。もしかしたら、取っ手を差し込んで、て動かす。

固定できないものか。メレディスは床を転がって穴に近付き、糸鋸の持ち手を差し込んでみた。

ヒビの大きさはちょうど良く、糸鋸は固定される。メレディスは糸鋸の刃に手首の縄を当てて動かす。

縄はキシキシと音を立てている。縄の藁が一本一本切れていく手ごたえを感じていた。

幾重にも巻かれた縄は、一本、二本、三本と切れ、最後の一本となったその時、乱暴に扉が開かれる。入って来たのは——メレディスを誘拐した男だった。

手には、パンとグラスの載った盆を持っていた。それを、地面に落とす。

パリンと、ガラスの割れる音がしたのと同時に、男は叫んだ。

「お前っ、何をしているんだ!?」

ずんずんと近付き、手首を縛っていた縄を掴まれる。切れかけた縄を見た男は、舌打ちしたあと、頬を打とうと手を上げる。

メレディスは衝撃に備え、ぎゅっと目を閉じ、奥歯を食いしばった。

「——?」

衝撃は襲って来ない。なぜならば——。

『この、クソ野郎！　メレディスを離せ!!』

男性の声が響き渡る。大きな声には不思議な力が籠っているようで、小屋はグラグラと揺れ動いた。

メレディスは叫んだ。

「レナ様！」

『メレディス、助けに来たぞ！』

メレディスの叫びに応えるように、名を叫ぶ。救助に来てくれたのは、レナだった。

「お前、魔物か!?」

『ふん。ウルフスタン伯爵家の者を名乗りながら、この姿に覚えがないとはな!!』

「な、なんなんだ、この、化け物め！」

『化け物ではない！』

「ただの、化け物ではないか……！」

レナはじりじりと近寄る。動けないメレディスを力任せに引きずりながら。

『お前はなぜ、ウルフスタン伯爵家の跡取りを名乗る？』

「俺が、ウルフスタン伯爵家の長男なんだ。不貞で産まれたのが、俺だ。最低最悪な前の伯爵は、妊娠した母を追い出して――」

『不貞だと？　ありえない。父……一代前の伯爵は妻一筋の人だった。ウルフスタン伯爵家の者は、一度伴侶と認めた者しか愛せない。そういう、習性のようなものがある』

「しかし、母は言っていた。俺の父親は、ウルフスタン伯爵だと！」

『ありえん』

「母が嘘を吐いたというのか!?」

パチンと、男が作りだしていた光の弾が弾けた。部屋の中は真っ暗闇となる。

「権利書のすべてを渡し、家を出るか、出ないか。選択させてやろうと思ったが、気が変わった。殺してやるっ！」

男は握っていたメレディスの縄を離す。体の支えを失い、床に叩きつけられた。

「きゃっ！」

『メレディス!!』

「近寄るなっ！」

ドン！　と小さな稲妻(いなずま)が落ちた。レナの前に、大きな穴を開ける。魔法で雷を落としたようだ。

「次は、お前の頭の上に落とす!!」

『クソ……！』

メレディスの眦(まなじり)から、再度涙が溢(あふ)れてくる。

自分のせいで、レナを危険に晒(さら)してしまった。いったいどうすればいいのか。

泣くことしかできない自らを、ふがいなく思う。

どうすればいいのか。絶望しかけていたその時――涙を拭(ぬぐ)うようにフワフワとした物体が頬にすり寄ってくる。

すぐに、メレディスはモコモコがやって来たのだと気付いた。

モコモコも、レナと共に助けに来てくれたようだ。争いを好まない臆病な性格なのに、来てくれた。嬉しくて、涙が溢れてしまう。

今まで心細かった気持ちが、すっと軽くなった。メレディスはもう一度、何かできないか考える。

手首に巻かれた縄は一本だけ。しかも、切れかけている。歯で引き千切ることができないか、試してみた。しかし、縄は硬い。

それを見ていたモコモコが、手元に近付く。何をするのかと思えば、縄に噛み付いて引き千切った。

同じように、足の縄にも近付いて、引き千切ってくれた。これで、メレディスは自由の身となる。

男は、メレディスの様子を気にも留めていなかった。レナを罵倒するので忙しいようだ。

ゆっくりと立ち上がる。

薄暗い中、レナの青い目が光っているのがわかった。距離は二メートルほど。そこに、駆けて行くだけでいい。

チャンスは一度きり。胸にモコモコを抱き、メレディスは決意を固める。

「ふん。そんな態度でいられるのも、今のうちだ！　新しい領主は、俺なのだから！」

その叫びを聞くと同時に、メレディスはレナのいるほうへと駆け出す。

「なっ、お前!!」

焦る声と、追い駆けて来るような足音が聞こえた。男の手が、首に触れる。

「レナ様！」

『メレディス!!』

抱き付くようにして、レナのもとへと駆けこんだ。フワフワの、黒い毛並みが受け止めてくれる。

「お前ら、二人共、井戸に落としてやる!!」

メレディスに逃げられ、怒りが頂点に達した男は、とっておきの魔法をお見舞いすると宣言した。

呪文を唱え、魔法陣が浮かんだが、レナは遠吠えをする。

魔法陣は弾けたように消えてなくなった。

「え――？」

遠吠えで、魔法を打ち消したようだった。

あっけに取られる男に、レナは突進する。

「うぎゃっ!!」

首筋に嚙み付いて――口に含んだ服を引き千切る。

「お前っ、何をする！」

『お前こそ、メレディスにとんでもないことをしてくれて!!』

レナは男の服をビリビリに破いていった。あっという間に、パンツ一枚となる。

『これは、メレディスを不安にした罰!!』

そう言って、レナは鋭い爪がついた前脚を振り上げ――メレディスはハッとなって叫んだ。

「あの、私は大丈夫です。だから……！」

同時に、ぺちん！と頬を叩く音が聞こえた。レナは男の頬を肉球で叩いただけだった。

「痛ッ！　お前、何を……！」

男の唇の端から、血が滲んでいた。

『続いて、これはメレディスに辛い思いをさせた分!!』

もう一度、レナは肉球で頬を叩く。迫力に欠ける攻撃だが、男の頬は真っ赤に染まっていた。

「くそ、こんなことをして、俺が、正統な後継者なのに!!」

その主張に、メレディスは一言物申す。

「あの、魔道具で、ご自身の情報は調べられましたか？」

『メレディス、なんのことだ？』

「あの、こちらのお方は、血で情報を読み取る魔道具をお持ちのようです」

なぜ、知っているのかと訊かれる。メレディスは頬を染めながら、処女かどうか調べさせられたのだと答えた。

『馬鹿だ！　お前は世界一の馬鹿だ！』

「だって、仕方がないだろう。どこの世界に、手つきとなった娘を娶る奴がいるというのだ!?」

『うるさい、黙れ!!　寝所を共にするのは、結婚をしたあとのお楽しみだ!!』

最後に、レナは肉球で力いっぱい男の頬をぺちんと叩いた。

「く、くそが！」

『これくらいにしといてやる』

静かな声でレナは言う。この目で、血縁関係であることを確認させてもらうと。

『その前に、お前を拘束する。メレディス、私が押さえつけておくから、こいつの手足を縛ってくれ！』

「あ、はい。わかりました」

メレディスは道具箱から縄を手に取り、男の手足を結ぶ。モコモコも手伝ってくれた。

『キュイ、キュ～イ！』

結んだ縄を咥えたモコモコは、ぐいぐいと引っ張って簡単に解けないようになった。

『おい、お前、自分の血縁について、魔道具を使って調べたのはいつだ？』

「……」

『まさか、調べていないのか？』

「なぜ、確認する必要がある？　まるで、母が嘘を吐いているようではないか」

きちんと調べずに、ここまでの行動を起こしていたらしい。レナは深い深い溜息を吐いた。

『だったら、調べさせてもらって、お前が本当にウルフスタン伯爵家の者ならば、財産分与を考えよう。まあしかし、領土の大半は森だ。一族の中でも欲する者はほぼいないが……』

「待て。なぜ、財産分与なのだ？　正統な後継者だとわかったら、地位も、金も、女も俺のものだろうが！」

『残念ながら、その認識は間違っている。爵位を継承できるのは、ウルフスタン伯爵家に輿入れした女性との間に設けた子のみ。私生児には、継承権はないのだ』

「そんなの横暴だ！」

男は全身を使って暴れ出す。早めに拘束していて良かったと、レナは呟いていた。

『メレディス、魔道具を探しに行こう』

「はい」

いつの間にか、雨と風は止んでいた。雲間から、月を確認できた。

物置小屋の外に出ると、テントが張ってある。中には、瓶詰の薬草や埃っぽい毛布など、いろいろな物が雑多に置いてある。その中で、血を拭ったコットンが置かれた黒い小箱のような物がある。表面には文字が浮かんでいた。古代語であったが、レナはスラスラと呼んでいく。

『メレディス・ラトランド。十六歳。二つ名、薬草令嬢、父ゲイル・ラトランド……』

「これが、魔道具のようですね」

『みたいだ』

レナは低い声で唸る。これだけのために、メレディスを傷つけたのかと。

「あの、大丈夫です。少し、引っ掻かれただけですから」

『しかし！』

「平気です」

メレディスの凜とした声を聞き、レナはグルグルと唸るのを止めた。

「とにかく、調べましょう。それで、すべてが解決しますから」

『ああ、そうだな』

小屋に戻ると男は壁側に寄って、恨みがましい視線をレナに向けていた。

『おい、今から調べるぞ』

「寄るな！　俺はウルフスタン伯爵家の真なる後継者だ!!」

『はいはい、わかったから』

「くそ、覚えてろよ」

『結果がわかってから、大口は叩いてくれ』

レナは男に近付き、手の甲を爪で軽く引っ掻く。傷からは、ぷつりと血が玉の形となって滲んできた。しだいに、血は傷の線をなぞるように浮かんでくる。

「ヒギイ!!　痛い!!　痛いぞ!!」

『お前、これをメレディスにもしたんだからな』

「う、うるさい!!」

　メレディスは男の血をコットンに染み込ませ、魔道具の上に当てるように置いた。

　黒い箱からは魔法陣が浮かび、じわじわと文字が浮かんでくる。

『さて――』

　レナは古代文字を読み始めた。

『ジニー・レイド』

「レイドは母方の家名だ」

『二十歳（はたち）』

「間違いない」

　二つ名は『根暗のジニー』とあったが、読まないほうがいいか？　とメレディスの耳元で囁（ささや）く。

「えっと、そうですね」

「お前ら、何をヒソヒソと話している!?」

『いや、読めない古代語があったんだ』

　男、ジニーの名誉のために、そういうことにしておいた。

「ふん。素人に古代語なんぞ読めると思うなよ」

『はいはい』

続いて、父親の名を読み上げる。

『父親は——ハリス・フォール』

「は⁉」

『前伯爵の名ではない』

「ハリス・フォールって、俺がガキの頃から余ったパンを届けてくれる、パン屋の親父じゃねえか！」

ジニーの父親は、生まれ育った町のパン屋だった。彼の母親は、嘘を吐いていたことになる。

「なんだよ……母さんは、ずっと、嘘を吐いていたというのか……？」

『おかしいと思っていたんだ。ウルフスタン伯爵家は、秘密を知る分家の者しか雇わない。だから、お前の母親は、父親がいない息子を慰めるために、嘘を吐いたんだろうなと』

「嘘だ、そんなの、嘘だ‼」

メレディスはジニーの前に魔道具を置いて、文字を読ませた。すると、瞠目したのちに、小さな声で呟く。

「まさか……本当に……なんて、ことだ、俺は……！」

認めがたい事実なのだろう。これ以上刺激してはいけないと思い、メレディスとレナは外に出た。

風で雲が流れたのか、満天の星空が広がっている。手を伸ばしたら、届きそうなほどだった。

メレディスはハッと我に返って膝を折り、頭を垂れる。

「ありがとうございました」

『い、いや、私は別に、大したことは――ん？』

ここで、レナの体がミシミシと音を立てる。

「レナ様？」

『な、なんで今!?』

レナの様子がおかしい。メレディスは近寄ろうとしたが、制止される。

『クッ、このッ！』

全身の毛は短くなっていき、骨が縮んでいるのか、ギシギシと大きな音を立てていた。

メレディスはレナの苦しむ姿を見続けることができず、顔を逸らす。

「――っ、はあ、はあ……」

「レ、レナ様？」

「……メ、メレディス、だ、大丈夫だ」

「は、はい――え!?」

再び目にしたレナの姿は、異なるものであった。黒い狼の姿ではなく――人の姿。しかも、全裸であった。慌てて顔を逸らす。

「どうした——あっ！」

すぐに、レナも気付いたようだ。否、レナではない。後ろ姿でも分かる。彼は、レナルドだった。

メレディスが狼精霊のレナだと思っていたのは、狼の姿となったレナルドだったのである。

なんとも信じがたいことだったので、震える声で問いかけた。

「あの……レナルド様ですよね？」

沈黙は、肯定を意味する。

「すまない、ずっと、言い出せなくて……」

「いえ……」

しかし、何かが腑に落ちたような、納得できたような不思議な気分となる。

メレディスに背を向けたままのレナルドが、気まずげな声色で話しかけてきた。

「メレディス」

「はい」

「その、驚いただろう？　私が、狼の姿になれるということを」

「はい、驚きました。ですが、振り返ってみたら、レナルド様とレナ様は、重なる部分があったのです」

それは、誰よりも親切で誠実、それから紳士的だということ。

「二人は、それぞれ違う形で、励ましてくださいました。自分に自信がなかったわたくしが、どれだけ救われたか……」

二人が同一人物であることに驚いたものの、根本的な気質は似通っていたので、受け入れることができたのだ。

ここで、月明かりがレナルドの体を照らしていることに気付いた。均衡の取れた、美しい体である。恥ずかしくなったメレディスは目を逸らし、ある提案をした。

「あの、外套か何か、レイドさんからお借りしますか？」

ジニー・レイドのテントが傍にあり、中を覗くと服が無造作に置かれてあった。

「あ、いや……」

『キュイ！』

ここで、モコモコが飛び出して来る。自分に任せろと、言っているように聞こえた。

「モコモコさん、本当ですか？」

『キュ～イ！』

メレディスはモコモコの言っていたことをレナルドに伝える。

「モコモコさんが、レナルド様の服に変化してくれるそうです」

「う、うむ。助かる」

モコモコはメレディスの手のひらから地面に下り立ち、ポンポンと跳ねながらレナルドのほうへと近付いて行った。

背中に体当たりすると魔法陣が浮かび上がり、周囲は優しい光に包まれた。ものの数秒で、モコモコが魔力で編んだ服が完成した。

金糸で狼の横顔が胸に刺されたサーコートに、背中のベロアマントが風で揺れる。全身、真っ白だった。レナルドの黒い髪がよく映え、いつも以上に貴公子然としていた。

「レナルド様、よくお似合いです」

「自分ではよく見えないのだが、まあ、ありがとう」

レナルドは振り返り、メレディスの顔を見る。

「すまなかった。こんなことに巻き込んでしまって」

「とても驚きましたが、助けていただいたので……。その、ありがとうございました」

「いや、当たり前のことをしたまでで……」

以降、互いにかける言葉もなく、俯いたまま静かな時間を過ごした。

星空に一筋の箒星が煌めく。一瞬の出来事であった。それをきっかけとするように、レナルドが話し始める。

「狼化についても、今まで黙っていて、本当に申し訳なかったと思っている」

レナルドはしどろもどろとなりながら説明する。

「人が、狼になるというのは、普通のことではない。私の先祖も、これが理由で求婚者に振られてきたらしい」

「そう、だったのですね」

現に、レナルドの母親も事実を知った時は、三日寝込んだようだ。よって、メレディスにもなかなか伝えることができなかったのだと話す。

「先ほども言いましたが、レナルド様とレナ様は重なる部分が多々ありました。例えば――わたくしのすることを、おかしいことだと言わずに、受け入れてくださるところとか、優しげな声とか、それから、お菓子がお好きなところとか」

違う部分は、レナの時はお喋り（しゃべ）りだということ。

「狼の姿だと、つい、気が大きくなった上に、楽天家になる傾向があって」

「そうなのですね」

メレディスはまっすぐに、レナルドの顔を見ながら言った。

「どちらのレナルド様も、素敵だと、私は思います」

「ありがとう、メレディス」

礼の言葉に、メレディスは笑顔を返した。つられて、レナルドも淡く微笑（ほほえ）む。

ここで、遠くから馬の嘶（いなな）きが聞こえた。村の自警団『黒狼隊（こくろうたい）』がやって来たようだ。松明（たいまつ）に点した火が、どんどん近付いて来る。

『レナルド〰〰』

「リヒカル！」

自警団を先導しているのは、レナルドの愛犬リヒカルであった。

「あ、あの……レナルド様」

「どうした？」

「リヒカル様が、レナルド様の名を呼んだような？」

「……うむ」

何が「うむ」なのか。気になったが、急かすわけにはいかないので、追及は止めておく。

とうとう、自警団を率いてきたリヒカルは、レナルドの前に到着した。

『ねえ、メレディスさんは——あ』

リヒカルはメレディスの姿を確認すると、ぺろっと舌を出す。

『え〜っと、わんわん！』

「もう遅い。それに、狼化のことは今さっき話した」

『な、なんだよ、早く言ってよ！　下手な犬の真似しちゃったじゃん！』

レナルドはメレディスの前に片膝をつく。リヒカルはその隣にお座りをした。

「その、叔父のリヒカルだ」

『どうも〜、初めましてって、言えば良いのかな？』

挨拶(あいさつ)された瞬間、メレディスもしゃがみ込み、頭を下げる。

「も、申し訳ありません。レナルド様の叔父様とは知らず、わたくしは、わたくしは——」

動物好きのメレディスは、リヒカルのブラッシングも日課としていた。丁寧(ていねい)に櫛(くし)を入れたあと、ボール遊びをして、最後に撫(な)でまわす。そんなことをアルザスセスに来てから毎日行っていたのだ。

「わたくしは、なんてことを……！」

「メレディス、リヒカルとそんなことをしていたのか？」

「ごめんなさい」

レナルドはリヒカルを問いただす。

「今の話は本当か!?」

『本当だよ。メレディスさん、ブラッシングがすっごく上手で。僕、最近毛並みがピカピカだったでしょう？』

「そんなの知るか！」

『僕はどこかのお高くとまっている狼さんと違って、もふもふ大歓迎なので。メレディスさんも気にしないでね』

「あ……はい。ありがとうございます」

レナルドはメレディスとリヒカルが仲良く遊んでいたことなど、まったく気付いていなかったようで、ショックを受けたような表情を浮かべていた。

『レナルドは恋の病にうなされていて、僕のことなんか眼中に入っていなかったからねえ』

「こ、恋の病だと!?」

『うん、そうだよ。それが、レナルドの不治の病』

ここで、レナルドの持病が発覚する。

「私は……そう……だったのか……」

不治の病といっても、気に病むものではない――恋の病だから。

メレディスがホッとしたのも束の間。恋の病を患っているということは、レナルドは誰かに懸想しているということになる。

胸がツキリと痛んだ。

――レナルドには、好きな人がいる。

『ちょ、待って。二人共、固まっていないで話そう』

メレディスとレナルドは、二人揃って物思いに耽っていたようだ。

『あのさ、レナルド。今日の恰好、すっごくカッコイイじゃんか』

「メレディス嬢の妖精が変化した服なのだが」

『いいね。それでさ、今、メレディスさんに例のことを伝えたらどうかと思って』

「い、今!?」

まだ、レナルドはメレディスに伝えていないことがあるらしい。

もう、狼化の件を知った今、何を言われても驚かない。そういう心づもりでいた。

「いや、まだ、早いだろう。許可も得ていないし」

『いや、メレディスさんを預けたということは、ある程度信頼されているでしょう』

「うむ、そうだが……」

『そんなんじゃ、一生病気は治らないからね！』

どうやら、恋の病に関連することらしい。まったく、想像がつかない。

レナルドはゴホンと咳払い（せきばらい）をした。どうやら、話してくれるようだ。メレディスは居住まいを正し、話を聞く姿勢を取る。

「メ、メレディス」

「はい」

「その」

「はい」

以降、一分ほど沈黙する。

『レナルド頑張れ〰〰』

「お、お前が見ているから、言えないのだ！」

『うわ、八つ当たりだ。さいってー』

そう言いつつも、リヒカルは下がって行った。ゴホンと、もう一度レナルドは咳払いをした。

今度こそ、言うつもりらしい。

「突然ですまないが――」

「はい」

「私と、結婚してくれないか?」

「え?」

「だ、だから、私と結婚してくれ」

「レナルド様と、わたくしが、結婚?」

「そうだ」

「どう、して……?」

突然の求婚に、それ以上言葉にならなかった。

ここで、リヒカルが小さな花を摘んでくる。それは、月光と星の光を浴びて咲かせる夜光花という花である。白く可憐な花を咲かせていた。

レナルドはそれを受け取ると、茎を丸めて指輪を作った。

「薬草に夢中で、心優しく、お淑やかで、私と楽しそうに話をしてくれる、お前のことが、好きなんだ。アルザスセスに来てくれてからは、お転婆な面も、見せるようになって、それも、意外で可愛かった。村人を大切にしてくれるところも、妖精を受け入れる懐の深さも、何もかも、すべて、好ましく思っている」

「レナルド様……」

メレディスのすべてを、レナルドは受け入れてくれていた。これ以上、嬉しいことはない。

その上、妻にと願ってくれる。これは夢ではないかと思った。

「私の、妻になってくれるだろうか？」

コクンと、メレディスは頷く。そして、震える声で答えた。

「わたくしで、よろしければ」

「──ありがとう」

地面に片膝をついた状態で、頭を下げた。その姿は、姫に忠誠を誓う騎士のようだった。

リヒカルが摘んで、レナルドが編んだ夜光花の指輪はメレディスの左手の薬指に嵌められた。

白い花が、指の中で美しく咲き誇っている。世界一美しい指輪だと、メレディスは思った。

二人は見つめ合い、微笑む。幸せな時間だった。

『ねえ、誓いのちゅうとかしなくてもいいの？』

「お前は、なんで邪魔をするんだ〜〜〜!!」

『ごめん。なんか、甘ったるい雰囲気だったから、見るに堪えず……。あ〜、わんわん』

「都合の悪い時だけ犬の振りをするな！」

リヒカルとレナルドのやりとりを聞いたメレディスは、珍しく声をあげて笑っていた。

第五章　こうして二人は

その後、自警団『黒狼隊』によってジニー・レイドは拘束される。彼は魔法使い専用の刑務所へと送られることになった。

魔法使いは人の法では裁けない。特別な法がある。

また、被害者に二度と近付けないような呪いをかけるのも、特徴だろう。

牢屋は逃走防止の魔法がかけられている。

あとは、専門家に任せるしかなかった。

後日、ラトランド子爵からメレディスとの結婚を認める手紙がレナルドのもとへ届いた。浮かれるあまり、階段を踏み外して転倒してしまったが、体は丈夫なのでなんともなかった。
――ついに、メレディスと結婚できる！

レナルドは幸せな気持ちで満たされていた。

婚約が決まり、花嫁修業期間が終了したメレディスは、一度王都へと戻る。

アルザスセスの地で待つことになったレナルドは、夜になると狼の姿でメレディスが使っていた部屋に行って絨毯の上をゴロゴロしていた。寂しさが募った末の行動である。

『いや……なんていうか、ちょっとの我慢だよ』

『メレディスのいない私の人生は灰色だ〰〰』

『大変だね。恋の病って』

『メレディ〰〰ス』

こんな恥ずかしい状態になってしまうなんて絶対に嫌だなと、リヒカルは呟いていたが、メレディスのことで頭がいっぱいになったレナルドの耳には届いていなかった。

王都とアルザスセス。離れて暮らす二人は、頻繁に手紙のやりとりをしていた。

メレディスは輿入れの準備で忙しいようだった。レナルドは春になった村で羊や山羊の子どもが生まれたということしか、報告することがない。しかし、メレディスはその手紙をたいそう喜んでいた。

半年後、やっとメレディスと再会となる。

挙式は明日、アルザスセスで執り行うので、家族を連れてやって来た。

レナルドは玄関前でうろつく。

『レナルド、落ち着いて』

「落ち着いている。それよりも、お前は犬の振りをしておけよ？」

『了解了解』

わんわんと鳴き、下手な犬真似を披露していた。

狼化の秘密は、嫁いだ女性にのみ伝えられる。親族といえども、明かすことはしない。

そしてついに、メレディスがやって来たようだ。二階から村の様子を見ていたハワードが報告してくる。

「現在、ブドウ畑の横を通り過ぎています」

『ほら、レナルド。客間へ戻って！』

「わかった」

領主たるレナルドが、直接玄関で迎えるのもいささか問題であったので、早足で客間へと戻った。

それから十五分後、ハワードより、メレディスとラトランド子爵、二人の兄がやって来たことを告げられた。

アプリコット色の髪は左右を三つ編みにして後頭部でまとめていた。レナルドの一番好きな髪型である。深い青の、星のように宝石が鏤められたサテンドレスも良く似合っていた。

スカートの裾を摘まみ、恭しく淑女の会釈をしている。

近寄って、抱きしめたくなったが、父親と二人の兄の姿を見たら冷静になれた。

まずは、遠方の地よりわざわざ来てくれたことを労う。

「よくぞ、お出でくださった。疲れたでしょう」

「ええ、それはもう、道はガタガタで」

「景色は木々と湖ばかり」

「お、お兄様！」

メレディスは慌てて兄二人の発言を謝罪していた。

「いや、道がガタガタなのは本当だし、周囲も木と湖しかない」

「でも、わたくしは、そんなアルザスセスが、素敵だと思っています」

王都にないものがここにはある。メレディスは目を輝かせながら言った。その言葉に、レナルドは胸が熱くなる。

彼女と出会えて本当に良かった。改めて、そう思った。

いつものとおり、晩餐は夕方。メレディスの二人の兄に夜の語らいをと誘われたが、狼化してしまうので、結婚式の晩は伯爵家の儀式があると言って、適当に誤魔化しておいた。

夜になると、レナルドはメレディスのもとへと向かった。

いつもの通り、露台(バルコニー)から露台へと飛び移るようにして移動する。

ドキドキしながらメレディスの部屋の露台に立ち、中の物音を聞こうとしたら――彼女は一人きりではなかった。

侍女(じじょ)を数名、連れてきていたようである。どうやら、爪の手入れをしている模様。

結婚式の前日の花嫁は忙しいらしい。レナルドはしょんぼりしながら私室へと戻って行った。

翌日。ついに、待ちに待った結婚式となる。レナルドは昨晩、興奮してほとんど眠れなかった。

『レナルド、目が血走っていて怖い』

「ハワード、目薬を用意しろ」

「はっ」

純白の正装に身を包んだレナルドは、立派な青年に見える。目が血走っていなければ。薬でどうにかできるのか、若干(じゃっかん)心配であった。

結婚式を前に、レナルドはまだ見ぬ花嫁に思いを馳(は)せ、デレデレとしていた。

「結婚したら、毎日メレディスに会える……お話ができる……！」

『離れた時間が、恋の病を重症化させているみたいだね』

脳内がお花畑と化しているレナルドには、リヒカルの言葉など届かない。

ハワードの用意した目薬を差したら、目の赤みは薄くなった。これで大丈夫と、挙式に挑む。

レナルドとメレディスの挙式は、村の中心にある礼拝堂で執り行われる。馬に乗ったレナルドが現れると、ワッと沸いた。

「領主さま、ご結婚おめでとうございます！」

「自分のことのように、嬉しいです！」

「お幸せに」

笑顔で手を振り、領民たちの声に応える。

メレディスとは礼拝堂で会うことになっている。どんな花嫁衣装なのか、ドキドキが止まらない。

脳内はメレディスのことでいっぱいだった。

礼拝堂の中には、参列客でいっぱいになっていた。メレディスの親族に、ウルフスタン伯爵家の分家の者達が集まっている。

一人入って来たレナルドを、拍手で迎えた。

胸を押さえ、息を吸って、吐く。緊張感も最高潮であった。

続いて、メレディスとラトランド子爵が腕を組んだ姿で現れた。

逆光で、よく見えない。

目を凝らしていると、一歩、一歩と前に進んでくる。その姿が、しだいにあらわになっていった。

花嫁衣装姿のメレディスに、レナルドは目を奪われる。

純白のドレスは礼拝堂のステンドグラスから差し込まれた光を受けて、キラキラと輝いているように見えた。

無垢で純粋、可憐で美しい。そんな花嫁だったのだ。

父親と別れたメレディスは、レナルドの隣に並ぶ。祭壇の前で、神父と参列者に、永遠の愛を誓った。

——病める時も、健やかなる時も、富める時も、貧しい時も、愛し合い、敬い、助けることを誓いますか?

レナルドとメレディスは、神父の言葉に深々と頷いた。

ここで指輪を交換し、最後に、誓いの口付けをする。レナルドはメレディスのベールを上げた。

世界一美しい花嫁を前に、レナルドは眩暈を覚える。肩を掴んだ指先が震えるような気がした。

動揺(どうよう)しているレナルドを、メレディスはじっと見つめていた。

「せ、世界一可愛(かわい)い……」

「え?」

「あ、いや、なんでも」

ブンブンと首を横に振って、誓いの口付けに集中した。

唇にしようと思ったが、父親と兄二人に猛烈に睨(にら)まれている気がして、額にするにとどめておいた。唇は夜の楽しみに取っておこう。そう思い、額にそっとキスをした。

この瞬間、レナルドとメレディスは真なる夫婦となった。


そして、初めて迎える晩――。

『ウオオオオオ!!』

レナルドは、寝台の上でゴロゴロと転がっていた。

そんな彼を、メレディスは困惑の表情で見ている。

レナルドは狼の姿だった。結婚式は新月の晩にと狙って決めていたのに、空の上には細い三日月が浮かんでいる。

『ううっ、計算を間違うなんて、馬鹿だ。俺は大馬鹿者だ!!』

「レナルド様、明日はきっと新月です。大丈夫ですよ」

『メレディ〜〜〜ス』

涙目のレナルドは、どさくさに紛(まぎ)れてメレディスの膝に顎(あご)を載せた。

頭を優しく撫(な)でてくれる。

「レナルド様、すごく毛並みがいいですね。フワフワです」

『まあ、手入れは怠(おこた)っていないからな』

そう言えばと気付く。狼の姿で触れてもらったのは、今日が初めてだったなと。

『メレディスはどうして、狼の姿の私に触れなかった？　こう言ってはなんだが、女性はモコモコした生き物が好きなのだろう？』

「それは――レナ様が紳士だったからです」

礼儀(れいぎ)正しく、紳士然とした態度でいる狼に触れるのは失礼だ。メレディスの中で、そういう考えがあったらしい。

『しかし、リヒカルは撫でまわしていたようだが』

「えっと、リヒカル様は、甘えてきましたので」

『なるほど』

レナルドは起き上がり、メレディスにすり寄った。彼なりの甘える行為であったが、いかんせん体が大きいので、メレディスは押し倒されてしまった。

「きゃっ！」

『わっ！　す、すまない！』

メレディスは大丈夫だと言わずに笑い出す。

『メレディス、その……』

「こ、こんなに初夜の晩が楽しいなんて」

『あ、いや、まあ、そうだな』

二人は寄り添って眠り、初めての晩を語らいながら過ごした。レナルドとメレディスにとって、とても楽しいひとときである。

夜空にはキラキラ輝く満天の星と、幸せな夫婦を祝福し笑顔を浮かべた三日月が浮かんでいた。

あとがき

はじめまして、江本(えもと)マシメサと申します。

この度(たび)は『薬草令嬢ともふもふの旦那様』をお手に取っていただき、ありがとうございました。

この物語は非常にシャイなもふもふの青年レナルドと、自分らしく生きすぎて婚期を逃しそうになっている薬草令嬢メレディスの物語となっております。

緑豊かな土地、もふもふ、薬草と、私の好きなものをこれでもかと詰め込んだ作品でして、イラスト担当のカスカベアキラ先生が物語に素晴らしい彩(いろど)りを添えてくださいました。

レナルドのデザインがまた、どえらいイケメンで。狼バージョンもカッコよく、非常に眼福(がんぷく)です。

ヒロインのメレディスは清楚(せいそ)かつ可憐(かれん)で、一目で結婚したくなるようなデザインに仕立てていただきました。

表紙も可愛(かわい)らしく素敵で、いつまでも眺めていられます。

感謝の一言です。ありがとうございました！

イラストと共に、物語を楽しんでいただけたら幸いです。


最後に、お礼を。

担当編集様へ。今回、大変お世話になりました。執筆途中、不安になって半分しかない原稿を渡した時「面白いですよ」とおっしゃってくださったことは忘れません。

あの一言のおかげで、一気に書き上げることができました。これからも、よろしくお願いいたします。

そして、本作を出版するにあたって尽力してくださった関係者の皆様にも、感謝を申しあげます。ありがとうございました。

読者様へ。最後まで読んでくださり、ありがとうございました。

また、どこかでお会いできることを、心から願っております。

江本マシメサ

えもと・ましめさ

長崎県出身。少女小説を読んで育ったライトノベル作家。『北欧貴族と猛禽妻の雪国狩り暮らし』シリーズ（宝島社）、『浅草和裁工房　花色衣』（小学館文庫）、『令嬢エリザベスの華麗なる身代わり生活』シリーズ（ビーズログ文庫）など、著書多数。

薬草令嬢ともふもふの旦那様

COBALT-SERIES

2018年５月10日　第１刷発行

★定価はカバーに表示してあります

著　者　江本マシメサ
発行者　北畠輝幸
発行所　株式会社　集英社
〒101－8050
東京都千代田区一ツ橋２―５―10
電話　【編集部】03-3230-6268
【読者係】03-3230-6080
【販売部】03-3230-6393（書店専用）

印刷所　図書印刷株式会社

ISBN978-4-08-608070-5　C0193

コバルト文庫
好評発売中
めでたさ底抜け
オリエンタル
ラブコメ♥
楽観戀情
守銭奴王子と夢見る転生娘
値千金
我鳥彩子
イラスト／くまの柚子
守銭奴王子・果潤を、亡国
の王女の生まれ変わりを自
称する楽花が訪ねてきた。
王国が再興すれば大金が手
に入るという彼女を半信半
疑で傍に置いてみると…？

ISBN 978-4-08-608070-5
C0193 ¥610E

定価 本体610円＋税

田舎（いなか）領主のレナルドは、たいそう焦っていた。結婚相手がみつからないのだ。19歳で長身の男前、しかし特に財産が多いわけでもなく、極度の恥ずかしがり屋で一見無愛想とあっては、嫁（とつ）いでくれる物好きなどいない。さらにレナルドには、月夜に狼に変身してしまうという秘密まであった。一縷（いちる）の望みをかけて顔を出した王都の夜会で、ついにレナルドはメレディスと名乗る貴族令嬢と出逢（であ）うのだが…!?

「メレディスは私を受け入れてくれるだろうか？」

薬草令嬢ともふもふの旦那様

コバルト文庫 江本マシメサの本

薬草令嬢ともふもふの旦那様

コバルト文庫

カバーイラスト／カスカベアキラ
カバーデザイン／織田弥生